共和国故事

宣战贫困

——中国政府正式启动温饱工程

陈栎宇　编写

吉林出版集团股份有限公司

图书在版编目（CIP）数据

宣战贫困：中国政府正式启动温饱工程/陈栎宇编．—
长春：吉林出版集团股份有限公司，2009.12

（共和国故事）

ISBN 978-7-5463-1822-6

Ⅰ．①宣… Ⅱ．①陈… Ⅲ．①纪实文学－中国－当代 Ⅳ．①I25

中国版本图书馆 CIP 数据核字（2009）第 233759 号

宣战贫困——中国政府正式启动温饱工程

XUANZHAN PINKUN　ZHONGGUO ZHENGFU ZHENGSHI QIDONG WENBAO GONGCHENG

编写　陈栎宇

责任编辑　祖航　李婷婷

出版发行　吉林出版集团股份有限公司

印刷　三河市嵩川印刷有限公司

版次　2010 年 1 月第 1 版　　2022 年 1 月第 9 次印刷

开本　710mm×1000mm　1/16　　印张　8　字数　69 千

书号　ISBN 978-7-5463-1822-6　　定价　29.80 元

社址　吉林省长春市福祉大路 5788 号

电话　0431－81629968

电子邮箱　tuzi8818@126.com

前　言

自1949年10月1日中华人民共和国成立至今，新中国已走过了60年的风雨历程。历史是一面镜子，我们可以从多视角、多侧面对其进行解读。然而有一点是可以肯定的，那就是，半个多世纪以来，在中国共产党的领导下，中国的政治、经济、军事、外交、文化、教育、科技、社会、民生等领域，都发生了深刻的变化，中国人民站起来了，中华民族已屹立于世界民族之林。

60年是短暂的，但这60年带给中国的却是极不平凡的。60年的神州大地经历了沧桑巨变。从开国大典到60年国庆盛典，从经济战线上的三大战役到经济总量居世界第三位，从对农业、手工业、资本主义工商业的三大改造到社会主义市场经济体制的基本确立，从宜将剩勇追穷寇到建立了强大的国防军，从废除一切不平等条约到独立自主的和平外交政策，从“双百”方针到体制改革后的文化事业欣欣向荣，从扫除文盲到实施科教兴国战略建设新型国家，从翻身解放到实现小康社会，凡此种种，中国人民在每个领域无不留下发展的足迹，写就不朽的诗篇。

60年的时间在历史的长河中可谓沧海一粟。其间究竟发生了些什么，怎样发生的，过程怎样，结果如何，却非人人都清楚知道的。对此，亲身经历者或可鲜活如昨，但对后来者来说却可能只是一个概念，对某段历史的记忆影像或不存在，或是模糊的。基于此，为了让年轻人，特别是青少年永远铭记共和国这段不朽的历史，我们推出了这套《共和国故事》。

《共和国故事》虽为故事，但却与戏说无关，我们不过是想借助通俗、富于感染力的文字记录这段历史。在丛书的谋篇布局上，我们尽量选取各个时代具有代表性或深具普遍意义的若干事件加以叙述，使其能反映共和国发展的全景和脉络。为了使题目的设置不至于因大而空，我们着眼于每一重大历史事件的缘起、过程、结局、时间、地点、人物等，抓住点滴和些许小事，力求通透。

历史是复杂的，事态的发展因素也是多方面的。由于叙述者的视角、文化构成不同，对事件的认知或有不足，但这不会影响我们对整个历史事件的判断和思考，至于它能否清晰地表达出我们编辑这套书的本意，那只能交给读者去评判了。

这套丛书可谓是一部书写红色记忆的读物，它对于了解共和国的历史、中国共产党的英明领导和中国人民的伟大实践都是不可或缺的。同时，这套丛书又是一套普及性读物，既针对重点阅读人群，也适宜在全民中推广。相信它必将在我国开展的全民阅读活动中发挥大的作用，成为装备中小学图书馆、农家书屋、社区书屋、机关及企事业单位职工图书室、连队图书室等的重点选择对象。

编　者

2010 年 1 月

目录

目录

一、 决策实施

- 秋收时节，县农业局组织专家对茅田区封竹公社 72.63 亩示范田，逐块进行了验收。

- 1983 年春，十堰市农业局的沈康荣等农业科技人员带种子、地膜，到海拔 1360 米的房县桥上乡东坪村，准备在那里开展地膜玉米试验示范。

- 1987 年，农业部把地膜覆盖玉米增产技术作为温饱工程，用平价供应地膜、差价补贴的方式，开始向全国推广。

由试验田到温饱工程

1982年3月初，湖北省恩施土家族苗族自治州建始县封竹公社农技站干部、农艺师童精一参加了湖北省农牧厅召开的全省旱粮基点汇报会。在会上，粮产处领导传达了农业部试验用地膜覆盖技术栽培经济作物的要求，并落实了一批试验用的地膜。

在当时，国内认为地膜投入高，用于粮食生产不合算。一位处长告诫参会者说：“日本地膜覆盖学会会长石本正一曾经挖苦中国人‘只会盖天’‘不会盖地’。”“盖天”就是建塑料大棚；“盖地”就是地膜覆盖。这句话深深刺痛了童精一的心。

会后，童精一领到了4筒薄膜。在当时，因交通极不方便，身材瘦小的童精一，费尽周折才带着50公斤薄膜回到封竹。

机会总是垂青那些有准备的人。那一年，童精一和助手承担了试验项目“玉米育苗移栽”工作。

在设计试验方案查阅资料时，他们发现，1967年，美国人曾经进行过玉米覆盖有色膜以提高地温的试验。他们受此启发，突发奇想：何不将从省里带回的薄膜也用来做一个玉米覆膜试验呢？或许能提高地温，使玉米苗壮成长而防御“秋风”呢！

于是，他们选择了当时的五星大队第八生产队樊家湾退休干部张昌杰的4.37亩责任田做试验田。

选中这块试验田，一是因为张昌杰是退休干部，思想解放，愿意与农技人员合作搞试验；二是因为这里海拔高度、土壤类型具有代表性，而且该田块地势平坦，便于操作。

为了使张昌杰放心，双方有约在先：如果试验失败，那么封竹农技站按每亩150公斤玉米给户主补偿，试验用的种子、化肥、地膜全部由农技站负责。

童精一自己也没有料到，正是这4.37亩的试验田引发了全国高海拔地区玉米生产技术的一次革命。更让童精一没想到的是，他的试验竟然掀起了一场轰轰烈烈的全国范围内的温饱工程！而建始县这个山区农业县也因此享誉全国！

因为盛产金黄色的玉米，建始县素有"金建始"的美称。玉米是建始县境内的主要粮食作物，到20世纪40年代，全县玉米播种面积已达33万多亩，产量达2150万公斤。但直到20世纪80年代，建始人却没有因为有"金建始"的美称而逃脱忍饥挨饿的命运。

原来，在建始县的50多万亩耕地中，水田只有5万多亩，其余大部分都是山田，海拔1200米以上的高山地区耕地面积19万多亩，占全县耕地的35.7%。在这些耕地中，常年玉米种植面积达15万亩左右，占全县常年玉米播种面积的41.7%，但玉米常年产量仅占全县玉米常年产量的 25%。1982 年，全县高山地区 14.3 万亩玉米，单产仅 99 公斤。

实际上，“金建始”美称的来源主要是因为农民有种植玉米的传统，种植面积大。然而，低下的生产水平只能让建始人捧着“金”饭碗挨饿。

高寒地区因受阴雨、高湿、低温、日照少的影响，农作物生长缓慢，甚至停止生长，在玉米生产上表现为不能正常灌浆、饱米、成熟，部分严重受灾的田块甚至颗粒无收。

资料显示，建始县历年秋季低温连阴雨和秋风的开始时间是 9 月 16 日，日平均气温低于 16℃，出现时间越早危害越严重。自 1959 年至 1983 年，在 9 月上旬出现的低温连阴雨和秋风共有 7 次，对县境内海拔 1200 米以上地区造成了不同程度的危害。

1980 年，鄂西山区遭遇了自 1950 年以来的最严重的“秋风”。当时的高山乡封竹公社玉米产量因受“秋风”影响，比丰收的 1978 年减产近一半，这个 1978 年向国家交售 25 万多公斤余粮的公社变成了此时需要国家供应 22 万公斤口粮的缺粮公社。

如何减轻和消灭“秋风”对高寒地区玉米产量的危害，是建始农业科技人员一直在苦苦求索的问题。

从 20 世纪 70 年代末期开始，建始县农业局就把解决高山“秋风冷害”作为重要研究课题组织试验研究。

经过长期的调查、对比、分析，1980 年，童精一完成了《封竹公社“秋风”冷害调查》的论文，掌握了当地“秋风”形成的气象条件和发生的规律，从而引起了省农牧厅的高度重视。

同年，封竹公社被湖北省农牧厅确定为全省旱粮基点。

1981 年，建始县农业局指导高山农技站采取种子处理、低温练芽、提早播种、育苗移栽等多种技术措施，试图解决“秋风”对高山地区玉米生产的危害，但都未取得较理想的效果。

据童精一等撰写的《玉米地膜覆盖种植试验报告》载：

> 1982 年，封竹公社又遇严重的“秋风”冷害，露地直播玉米大幅度减产，但是，试验田里的地膜玉米单产却达到了 413.2 斤，比试验地露地直播玉米亩增 141.3 斤，比大面积露地直播玉米亩增 186.5 斤，增产幅度分别达到 52% 至 82.3%，而且地膜玉米提前成熟 15 至 18 天。除去地膜支出，按当年价计算，仅玉米增产一项，地膜玉米亩增收入 12.9 元。

地膜覆盖玉米技术不仅使高寒地区的玉米抵御“秋风”危害而增产，更加重要的是，它可以把当时无法在高海拔地区推广的先进技术组合在一起，使高山玉米的单产超过了低山地区。

正因为如此，后来，这项技术作为实施温饱工程的主要技术，在全国范围内大面积推广。

“试验—示范—推广”是农业新技术、新成果推广普及的法定三部曲。地膜玉米试验成功后，为弄清大面积种植的增产效果和探索大面积种植技术，1983 年 1 月，土家族苗族自治州农业局和建始县农业局，组织童精一等专家制定了《高山苞谷（玉米）地膜覆盖栽培操作规程》。该规程涵盖了当时先进的地膜覆盖、高产杂交种、沟施垄种、根外追肥 4 个主要技术环节和 10 项技术操作要领。

同年，恩施土家族苗族自治州农业局又组织 6 县 16 个高山公社的 127 个生产队 693 户，进行玉米地膜覆盖种植技术示范种植，示范面积 1360. 83 亩。其中，建始县的示范区分布在海拔最高的茅田、龙坪、官店 3 个行政区的 7 个村 14 个组，涉及农户 121 户，示范种植面积共 160. 5 亩。

这年秋收时节，县农业局组织专家对茅田区封竹公社 72. 63 亩示范田，逐块进行了验收。结果表明，地膜覆盖示范田户户增产，平均单产 306. 165 公斤，示范田对比行区亩增 113. 345 公斤，增产 58. 78%，比当地大田玉米平均单产 166. 495 公斤亩增 139. 67 公斤，增产 83. 819%。

根据 32 户示范户田间技术档案记录，虽然平均每亩总投资增加了3.23元，但是，总产值却增加了34.03元，经济收入纯增30.08元；每斤玉米成本降低0.0342元，每投资1元产生的效益增加1.16元。

这一结果有力地证明，地膜覆盖栽培技术应用于玉米生产有早熟、抗灾、稳产、高产的技术效果。

1982年，玉米地膜覆盖技术试验成功；1983年，示范告捷；1984年，开始进入推广阶段。

尽管这项技术在试验、示范中显示出早熟、高产、抗“秋风”的优点，但是，它毕竟是一项传统农业与现代农业相结合的新技术，人们对它尚不熟悉，而且这项技术要求一次性增加生产投入，在当时的经济条件下，尤其是高寒贫困地区，的确难度颇大。

为了把这一能解决高寒山区人民“温饱”的技术尽快落实到生产实践中去，1984年，建始县委、县政府采取加强领导、部门配合、技术把关、资金到位、物资配套、责任到人等办法，使全县地膜玉米生产技术从此得以连年大面积推广，当年全县推广面积达到了3.5万亩。

1984年9月，玉米地膜覆盖生产技术被列入恩施土家族苗族自治州重点农技推广项目在全州高山地区推广，从资金上予以连续5年的扶持；1985年，开始在全省推广；1986年8月，全国地膜玉米生产会议在建始县召开，玉米地膜覆盖技术走向了全国。

童精一先后10多次受到了国家部委、省、州、县的表彰，并被评为高级农艺师。

然而，他从不把这些荣誉当作炫耀的资本，他说："我要的只是这项技术的成功。"高山玉米地膜覆盖种植新技术终于成功了，他的愿望实现了！

1960年，童精一从恩施农业专科学校农学专业毕业后，分配到建始县工作。长期在高山地区基层农技站工作的经历，使他对农民产生了深厚的感情。

面对日出而作日落而息的农民过着缺衣少食的艰苦生活，他深感自己责任重大。这种责任感的驱动使他卧薪尝胆，开发出了地膜覆盖玉米种植技术，从而引发了玉米生产的一场技术革命。

2003年以后，建始县每年地膜玉米面积达到7万亩以上，每年玉米产量都在10万吨以上。建始县成了名副其实的"金建始"。

地膜覆盖玉米生产技术，开创了我国地膜覆盖栽培的新局面，使得农作物产量大幅度提高，缓解了我国人口增长与耕地减少的矛盾，也因此在全国展开了大规模的温饱工程。

依靠科技革命解决温饱问题

1982 年，联产承包责任制的全面推行，调动了农民的生产积极性，促进了粮食生产。

然而，生产责任制推行后的几年间，在湖北省十堰市，全市粮食单产、总产在温饱水平以下徘徊，仍有百万农民吃粮靠供应，生活靠救济，温饱问题就像历史老人给时代摆下的一个“八卦阵”，千百年来始终困扰着山区人民。

为了山区父老乡亲的温饱，湖北省十堰市几代干部群众和农业科技人员进行了艰苦卓绝的奋斗。

山区干部群众认真总结历史的经验教训，提出了破解温饱问题的途径：一是广种薄收，靠面积抓粮；二是面向市场，调粮解荒；三是集约经营，靠科技抓粮。

然而，山区人民在广种薄收方面吃尽了苦头，“吃祖宗饭，砸子孙碗”的路没有人再走。

面向市场、调粮解荒只是在理论上可行，当时十堰山区的实际是：农民人均年纯收入几十元，越是高山区、远山区的群众越买不起粮食；地方财力微薄贴不起；即使政府买回了粮食，全市半数以上的偏远乡村背不回去。路该怎么走？阵该如何破？原郧阳地委组织科技人员深入基层调研，向实践问计。

调查表明，农业科技推广的杂交玉米上不了高山，杂交水稻难以大面积下田。“两难”的根本障碍都在于“低山干旱，高山冷害”两大致命灾害。

找到了“破阵”的结点，广大农业科技人员以强烈的时代责任感和使命感，在山区掀起了一场新的农业科技革命，向温饱发起了历史的总攻。

1983 年春，十堰市农业局的沈康荣等农业科技人员带种子、背地膜，到海拔 1360 米的房县桥上乡东坪村，准备在那里开展地膜玉米试验示范。

桥上乡是房县有名的穷乡，也是有名的常年吃供应粮的乡。当地曾流传着“房县桥上乡，家家做木缸，不装米和面，专装苞谷（玉米）浆”的歌谣。

当科技人员来搞试验时，群众顾虑重重。“祖祖辈辈种玉米都没有用过地膜，万一种坏了怎么办?”不是群众不信科技，而是山区老百姓被饿怕了。要知道，当时春季种一季玉米，哪怕是秋季收玉米浆，即玉米成熟不了收获的产品，也是老百姓过冬度春的命根子啊!

为了打消群众的顾虑，给老百姓一个“定心丸”，把示范搞起来，沈康荣等人和乡政府反复做工作，同搞地膜玉米试验的农户签了两个特殊的合同，一个合同是：沈康荣等代表市农业局与示范户签了一张包产合同，达不到预定产量由市农业局赔产，超产了全归农民；另一个合同是乡政府与农民签的粮食供应合同，不同意地膜苞谷试验的农户，如果当年不丰收，则冬季、次年春不吃国家救济粮。

第一次地膜覆盖试验示范就是在这种“承诺加激将”的办法下催生的。当年秋季玉米成熟时，60 亩试验地长的是沉甸甸的玉米棒子，老百姓自己试验，最高单产 680 公斤，平均亩产 318. 8 公斤，比对比增产 58. 7%。

小山村沸腾了，老百姓信服了。这在东坪村历史上可是“破天荒”的事。山区老百姓看到了不吃玉米浆的希望，科技人员看到了走出困境的曙光。

此后，沈康荣等科技人员带着地膜玉米示范成功的喜悦，又连续 3 年在房县化龙镇化龙村开展杂交水稻两段育秧试验攻关，良种良法配套，使高产的杂交水稻在十堰山区全面推广。

1986 年、1987 年，十堰市全市粮食总产连破 9. 5 亿公斤和 9 亿公斤大关；1990 年，全市在遭受严重自然灾害的情况下，粮食总产突破 10. 6 亿公斤，农民人均粮食达到 402 公斤。十堰农村总体解决了温饱问题！

风雨过后方见彩虹。以地膜栽培为核心的减灾增效综合技术，被誉为农业科技的“白色革命”，不仅解决了长期困扰山区的温饱难题，而且拓展了一条具有山区特色的科技兴农之路。

自 20 世纪 90 年代以来，十堰市的农业科技人员又先后创新研发出地膜水稻、地膜莲藕新技术，实现了地膜栽培技术由旱作到湿作再到水作的 3 次突破。

对此，农业部、湖北省政府先后 7 次在十堰市召开现场会；人民日报、新华社、科技日报、农民日报、中央电视台等媒体多次宣传报道；世界粮食计划署，国际山地组织，国际农发基金会，国际水稻研究所，德、日、荷、英等20多个国家和国际组织，以及中国农业大学、华中农业大学等50多所大专院校的专家学者多次到十堰市考察，并在该市召开了国际地膜水稻学术研讨会。

继《水稻全程地膜覆盖湿润栽培技术》获农业部全国农牧渔业科技进步一等奖后，《地膜覆盖集成创新技术研究与应用》在2007年获省政府科技成果推广二等奖。

“一粒种子可以改变一个世界。”玉米是高山区人民的主粮，也是十堰温饱的重点作物和难点作物。为了给山区老百姓一粒增产的种子，山区农业科技人员常年工作在田间，春夏在十堰，秋冬住海南，艰难抓攻关，先后选育出郧单1号、鄂玉10号、鄂玉14号、鄂玉16号、鄂玉23号、鄂玉25号、堰玉18号、堰甜玉28号等玉米新品种，其中鄂玉10号、鄂玉16号、鄂玉25号通过国家审定，被确定为全国农业结构调整适宜推广品种，推广到西南广大地区。

破解山区千百年温饱问题的路子找到了。高山寒、低山旱的制约消除了，但是，贫困山区的农民投入能力弱，哪怕是一亩地几十元的地膜钱也常常难住了山区农民。

1995年，十堰市委、市政府带着对山区父老乡亲的深情厚谊，加大温饱工程实施力度。

当时，市长吴发育在十堰市一届人大全体会议上庄严宣布：“为了加快温饱脱贫步伐，本届市政府每年财政投入150万元，县市财政配套150万元，用‘以膜代奖’的方式补贴地膜技术推广。”

正是这一看似简单的直补政策，强化了科技的造血功能，大大加快了山区老百姓摆脱温饱困境、实现脱贫致富的步伐。

十堰市地膜覆盖技术在粮油作物和经济作物中全方位推广应用。1998年，十堰全市粮食总产11.74亿公斤，创历史最高水平，农民人均粮食470多公斤。

2007年，十堰全市推广地膜覆盖技术134万亩，增产粮食1亿多公斤，增加农民收入近亿元。

山区农民依靠温饱工程，告别了不得温饱的历史，脱贫致富，踏上了小康之路。

农业部实施温饱工程

1987 年，农业部把地膜覆盖玉米增产技术作为温饱工程，用平价供应地膜、差价补贴的方式，开始向全国推广。

当时，农业部把大力推广玉米地膜覆盖栽培技术作为科技扶贫的一项重大措施推出，重点在四川、贵州、云南、广西、湖北、湖南、山西、陕西、甘肃、宁夏等16 个省、自治区的一部分贫困地区，实施温饱工程。

与此同时，由国务院扶贫办、农业、计划、商业、轻工、金融等部门全力协作，采取技术、资金、地膜、化肥、良种等综合输入，由农业部全国农业技术推广总站负责组织，配套服务。

当时，在贫困地区的粮食生产中，玉米占有较大比重。如何解决玉米因受自然灾害的影响而产量不高的问题，一直是广大农业科技人员想要解决的问题。

地膜覆盖农作物栽培技术，是在20 世纪60 年代，国外创造的一种集约经营农业、提高土地生产潜在能力的增产技术。它能明显地改善土壤墒情、提高地温、增加作物产量，在高寒山区、干旱半干旱地区的增产效果特别明显，成为中国大规模解决贫困农民吃饭问题的重要扶贫方式之一。

在20世纪80年代初，随着地膜覆盖技术在我国的推广运用，广大农业科技人员在山区开展了玉米地膜覆盖栽培技术的试验。

科技人员经过大胆探索，总结出了一套提高玉米单产的成功办法，即利用地膜覆盖增温保湿的作用，把杂交玉米良种、配方施肥、合理密植、间作套种、带状种植、规范化管理等先进适用技术引上高山，迅速促进了精耕细作、集约化水平的提高，并获得了极显著的早熟、增产效果，对解决贫困地区群众的温饱问题起了很好的作用。这一增产技术被农民们形象地称为“温饱工程”。

据云南省农业厅资料显示，云南省从1986年试验示范1.68万亩，此后迅速扩大，至1997年已推广到221.4万亩。

对于广大贫困地区的贫困农户来说，采用这一技术国家有补助，提供良种、地膜，还有农业技术人员给予指导，有的地区为了消除农民的风险担心还实行减产弥补的承诺，因而推广的积极性逐年提高，几乎所有采用这一技术的农户都做到了当年推广，当年增产，当年便解决了吃饱饭的问题。

据云南省农业厅统计，1986年至1996年10年间，通过地膜覆盖玉米温饱工程，共增产粮食12亿公斤，相当于1996年云南省粮食总产量的10%，解决了200万以上人的连年口粮困难问题。

同时，温饱工程还与多种适用农业增产的先进技术配套运用，对提高农作物产量更为有效。

地膜覆盖仅仅是改善农作物生产的外部环境条件之一，农作物是否能够最终获得高产，还要看作物的生物学遗传信息是否优良，以及其他条件是否也有利于高产。

就云南省的情况来看，作为温饱工程玉米高产技术，还推广杂交良种，营养钵育苗移栽，“药肥包衣”播种，打洞深施液态化肥，微膜（超薄膜）使用，多种新型高效复合肥的使用和多种植物生长调节剂的使用等。

同时，国家对这项温饱工程还进行了各种配套扶持措施。

首先，政府给予经费补助。20 世纪 80 年代，国家农业部对推广地膜玉米增产技术的农户，每亩给予 6 元补助费。

云南省针对省内贫困人口大都居住山区、地膜玉米增产显著的事实，从 1989 年起，凡推广地膜玉米的农户，每亩给予 6 元补助，要求地、县也给予等量补助。

从 1994 年起，省、地、县对地膜玉米的补助调整为每亩各 5 元，共计每亩 15 元。1989 年至 1995 年，云南全省补助温饱工程地膜玉米共计 2 亿元。

其次，组织农业科技人员技术承包。据云南省对 60 个县的统计，在 1996 年，有 7045 名农业科技人员承包了 173. 56 万亩地膜玉米。这些农业科技人员采用专题培训、以会代训、现场操作等方式进行技术培训，使贫困农户较好地掌握了地膜玉米增产技术。

近几年来，地膜覆盖高产技术由玉米向其他农作物种植推广。由于贫困农户尝到了地膜玉米增产的好处，科学种田水平提高，在农业科技人员指导下，其他农作物如马铃薯、红薯、旱谷、蚕豆、白芸豆、烤烟等，也逐步采用地膜覆盖等技术。

据云南省对武定、东川、双柏、剑川、鲁甸、墨江等县调查，马铃薯每亩增产 26. 8%，红薯每亩增产 43. 3%，旱谷每亩增产 8. 8%，蚕豆每亩增产 34. 8%，白芸豆每亩增产 26. 8%。

地膜覆盖栽培技术是适应我国栽培技术水平和技术经济条件的一项成功的新技术，在我国旱作农业上已大面积推广应用，并取得了显著的经济效益、社会效益和生态效益。

温饱工程列入国家计划

1995年，温饱工程被列入《国家八七扶贫攻坚计划》，国家每年下拨化肥专项补贴1000万元。

1995年3月31日，国务院扶贫开发领导小组组长办公会议决定：

> 温饱工程是一项效益显著的“短、平、快”扶贫措施，要坚持不懈地搞下去。

会后，国务院扶贫办和农业部联合上报了《1995年和“九五”期间温饱工程实施面积及配套物资、财政补贴的方案》。

财政部同意在1995年和“九五”期间的6年间，对实施温饱工程的配套化肥，每年按3.75万吨计算，以每吨补贴270元的标准，每年财政预算安排专项补贴1000万元。

1996年1月31日，农业部颁布了《关于“九五”期间温饱工程补贴办法和实施要求的通知》。

> 一、将温饱工程补贴范围由原来16个省（区）集中到贫困状况比较严重的14个省

（区）……

二、国家下达的温饱工程实施面积，要全部落实到国家重点扶持的贫困县，对其中人均占有粮食不足300公斤的特困乡村要重点扶持，帮助他们发展生产，解决缺粮困难。

三、国家对温饱工程的补贴资金与温饱工程的实施计划，于每年一季度下达，不误农时。

四、财政部补贴资金下达后，要尽快落实到乡、村，不得挪用和截留。

五、“九五”期间，每年温饱工程计划下达后，各级农技部门要加强指导业务，及时报告项目执行情况，解决出现的问题，取得实质成效……

六、执行项目费。各级农业行政管理部门要按照相当国家和地方温饱工程项目资金总额的5%，为各级农业技术推广部门配套项目执行费。各级农业技术推广部门要制订项目技术实施方案，搞好新技术示范推广、技术培训和田间技术指导。

七、“九五”期间，温饱工程配套化肥的货源由各地计委在国家计委下达的计划中统筹安排，保证供应。

…………

温饱工程是一项综合技术，在实施过程中，科技人员将优良品种、配方施肥、植物生长调节剂等新技术、新产品及时输送到贫困地区，大幅度提高了粮食产量，同时也改变了农民的传统观念，增强了他们依靠科技摆脱贫困的意识。

温饱工程作为科技扶贫项目，有效地增强了抵御自然灾害的能力，基本做到了“常年丰产，灾年稳产”，对稳定贫困地区粮食生产具有十分重要的作用。

1995年，内蒙古在遭受严重春旱、低温和几十年不遇的早霜等自然灾害的情况下，73.4万亩温饱工程玉米仍然获得亩产450公斤的好收成，比露地种植亩增产180公斤。

河北、宁夏等地同样在遭受自然灾害的情况下，亩产分别比露地玉米增产327公斤和230公斤。

温饱工程实施10年来，累计推广地膜覆盖增产1.4亿多亩，增产粮食214.6亿公斤，增加经济效益134.8亿元，稳定解决了4000多万人的温饱问题，优化和改善了贫困地区的农业种植结构和生态环境。

到2000年，中国十几亿人的粮食蔬菜完全自行解决，而且还可以出口。

温饱工程实施的地膜覆盖技术，使中国农业及多种经济作物产量出现彻底改变。

我国的地膜覆盖技术，于1978年从日本引进。引进后在东北三省、北京、上海和内蒙古等13个省、市、自治区进行研制试行。经过在16个省、市农业区域生产示范，确定了它是一项适合于在中国这块土地上，促进传统农业向现代化农业转变的科学技术。从1983年起，地膜覆盖技术作为国家重点推广项目向全国范围内大面积推广。

地膜看上去薄薄一层，但作用相当大，不仅能够提高地温、保水、保土、保肥，而且还有灭草、防病虫、防旱抗涝、抑盐保苗、改进近地面光热条件、使作物卫生清洁等多项功能。对于那些刚出土的幼苗来说，地膜具有护根促长等作用。

对于我国三北地区低温、少雨、干旱贫瘠、无霜期短等限制农业发展的客观因素，具有很强的针对性和适用性，对于种植二季水稻育秧和多种作物栽培也起了作用。

地膜在全国31个省、市、自治区普及，应用于粮、棉、油、菜、瓜果、烟、糖、药、麻、茶、林等40多种农作物，使作物普遍增产30%至50%，增值40%至60%，深受广大农民的欢迎。

地膜的应用和发展非常迅速，增产、增收效果也特别显著。

从1979年以蔬菜为主进行小面积试验开始，1983年各种作物地膜覆盖面积猛增至943.5万亩；1996年地膜覆盖面积超过亿亩，达到10500万亩，其中达到和超过570万亩的作物有玉米、棉花、水稻、花生、蔬菜等。

这项技术用于“老、少、边、穷”地区、高寒山区和边远地区，能有效增加积温量，克服了低温干旱、生育期短等不良自然条件，使晚熟高产优质玉米良种获得丰收，产量成倍增加。

1989 年至 1991 年，在 16 个省、市实施的温饱工程中，这一技术使 3200 余万农民越过了温饱线。

1993 年至 1996 年 4 年间，推广地膜覆盖玉米育苗移栽及水稻育苗抛秧栽培 4300. 5 万亩，共增产各种农产品 1 亿多吨，增产值 1143. 12 亿元，增加纯收入达 971. 65 亿元。

地膜覆盖技术的推广，也有力地促进了化工、轻工、农机制造、农资供销、交通运输等相关产业的发展。

由温饱工程的地膜覆盖技术发展到大棚种植蔬菜，使人们在寒冷的季节也能吃到新鲜的蔬菜，改善和提高了人们的生活水平。

蓬勃发展的温饱工程地膜覆盖技术，使中国这个传统农业大国走出了一条农业高产稳产的路，为中国的经济发展作出了重大贡献。

十堰地膜水稻获高产

2003年10月，秋寒时节，在湖北省西北部的十堰市山区，农业生产遭遇严重的低温冷害，10多万亩高寒山区的常规稻田因“秋风”危害导致无收。

与此同时，在山区推广全程地膜覆盖湿润栽培技术的23万多亩水稻却获得增产丰收。这一现象引起了国内外专家的高度关注。

十堰市地处我国南北气候过渡的鄂、渝、豫、陕四省交界处，高寒山区海拔高，无霜期短，气温低，冷浸田、烂泥田终年积水泥温低，水稻迟发，空秕率高，甚至出现大面积“秋风”无收。

1993年，市、县农业局技术人员，在总结借鉴10年间大面积推广应用地膜覆盖玉米增产技术成果的基础上，又进行了水稻全程地膜覆盖湿润栽培技术攻关。

实践表明，地膜水稻每亩单产549公斤，比同类田常规栽培水稻增产三成以上；覆膜湿润栽培水稻每亩总灌水平均为39.5立方米，比常规栽培的稻田节水70%左右。有关专家研究表明，水稻地膜覆盖还可以有效地降低稻田甲烷的释放，对抑制全球气候变暖有积极作用。

经专家鉴定，十堰市水稻全程地膜覆盖湿润栽培技术科研成果属国内首创，获全国农业科技进步一等奖。

2003 年 3 月 13 日晚，中央综合频道在《新闻联播》之后的《科技博览》栏目中，作为当时“两会”的献礼片，专题播出了湖北省十堰市首创的地膜水稻、地膜莲藕技术。

2003 年，全国已有 17 个省、市推广这一技术，总面积超过 300 万亩。

十堰市地膜水稻生产技术推广的成功，引起了国内外专家的普遍关注。

至 2003 年 10 月，先后到十堰市参加考察学习的有德国基尔大学、汉诺威大学、霍恩海姆大学和中国农业大学、南京农业大学、华南农业大学等的 100 多名专家，他们对十堰山区大面积推广地膜水稻取得的有利于环保、节水、增产等连锁效益给予充分肯定。

专家们认为：

> 十堰市大面积推广应用水稻地膜覆盖湿润栽培技术已走在世界的前面，其意义不仅仅对干旱地区实施节水农业、高寒山区冷浸低产田块减灾增效方面取得巨大突破，更重要的是减少稻田甲烷等温室气体向空气中排放，对优化环境保护具有十分深远的意义。

2004 年 12 月 22 日，十堰市科技局邀请中国农业大学、湖北省农技推广中心等单位的相关专家对十堰市农业局承担的“水稻覆膜直播湿润栽培技术研究”项目进行了鉴定。

鉴定委员会主任由中国农业大学博士生导师林杉教授担任，湖北省农业厅水稻专家张似松研究员、十堰市农业专家工作室主任邢礼忠研究员任副主任。

会议听取了项目承担单位的技术和工作报告，认真审阅了有关资料，经过认真讨论，一致认为：

1．该项目研究资料齐全，数据科学可靠，完成了课题计划任务书所规定的技术经济指标，提供的鉴定材料齐备、完整。

2．该项目针对现代农业科技发展的节本、降耗、增效，减少劳动投入和物化投入的趋势，结合农村多数青壮年劳力外出打工的实际，改育秧栽插为大田直播，简化了田间操作工序，是在水稻地膜覆盖插秧湿润栽培技术体系上一项科技创新和发展。

3．该项技术与常规淹水栽培相比，具有“一早、两免、三省、四提高”的显著优点：“一早”，即提前成熟10天左右。“两免”，即免去了育秧和薅秧环节。“三省”，即省水、省工、省钱，节水70%，每亩省工7个，按现行物价节支180元左右。“四提高”，一是提高产量30%左右；二是提高品质；三是提高肥料的利用率；四是提高经济效益。

4. 该技术经过几年的研究，基本摸清了水稻覆膜直播湿润栽培技术的增产节支省水机理，形成了配套栽培技术，有很强的操作性和实用性，方法简单易行，深受农民欢迎。

5. 该项研究成果处于国际先进水平。建议在低温、缺水地区积极示范推广。

中国农业大学博士生导师林杉教授认为：

十堰市在经费资助很少的情况下，做出了大量的研究和示范工作，是非常了不起的。

湖北省农业厅研究员、全省水稻栽培学科首席专家张似松认为：

十堰市农业局在科技上从地膜玉米、地膜水稻、地膜莲藕，现在又发展稻黑膜直播，这种永无止境、不断创新的精神非常令人敬佩，所取得的科技成果在全省是首屈一指的。

地膜水稻已成为十堰市农业科技创新的一面旗帜，先后获得两项国家发明专利，获得了部、省、市多个奖项。地膜技术在国内也成为十堰农业科技的“代名词”。

对科技的创新使十堰市地膜水稻在“十五”期间被列为国家粮食丰产科技工程后，在“十一五”期间又被列为国家粮食科技支撑计划。

地膜覆盖技术在十堰市实现了由旱生作物到湿生作物又到水生作物的三次突破，不仅使地膜覆盖技术更加系统和完善，而且推动了地膜覆盖理论的发展。

紧接着，十堰市农技人员又将地膜水稻技术由插秧扩展到点播，由白膜扩展到黑膜，由水稻扩展到旱稻，由手工覆膜打孔改为机械覆膜打孔，使操作更简便、效果更显著、农民更欢迎。

水稻黑膜点播栽培技术具有“一早、两免、三省、四提高”的突出优点，每亩平均增收300元以上。2007年，全市示范1万余亩，每亩平均单产为558.9公斤，比常规栽培增产167.9公斤，增42.9%；比地膜插秧水稻增产68.7公斤，增14.2%。

在城郊推广地膜玉米，可以开拓增收新市场，仅郧县柳坡镇当年就种植地膜玉米1.47万亩，以时令鲜食为主，可提前上市1个月左右，每亩平均实现产值2000元以上，经济效益翻两番。

房县化龙镇农技中心还发明了一种集覆膜、压膜、打孔为一体的多功能地膜覆盖打孔器，其工效是原来覆膜方法的8倍。

科技创新为地膜覆盖技术增添了新活力，挖掘了新潜力，开辟了新领域。

国内农业专家学者普遍认为：

杂交良种是数量上的革命，地膜技术是效益上的革命。

十堰市在推广地膜覆盖技术的过程中，坚持科技创新，着力技术攻关，解决了生产中的一个又一个技术难题，完善了技术操作规程，加强了相关技术的配套，取得了一个又一个成果。

实践证明，只有坚持膜、种、肥配套服务，政、技、物综合输入的技术路线，才能提升地膜技术的科技含量，提高覆膜的综合效益，进一步拓展地膜覆盖技术的推广领域，实现科技出成果、部门出人才、推广出效益的目标。

地膜水稻纳入国家计划

2007年5月29日，国家科技支撑计划“长江中游北部水稻丰产高效技术集成研究与示范课题‘十一五’项目”启动大会，在华中农业大学国际学术交流中心召开。

湖北省科技厅、农业厅、财政厅的领导，项目承担单位课题负责人，示范市（县）科技副市（县）长及科技局、农业局负责人参加了会议。

在会上，湖北省十堰市首创的地膜水稻技术被纳入“国家科技支撑计划”，沈康荣研究员为课题首席专家，获得专项资助。

湖北省科技厅、农业厅与项目4个子课题的首席专家，以及湖北省农技推广总站、华中农业大学、湖北省农科院、十堰市农业局、示范市（县）政府领导签订了项目研究实施责任书。

国家科技支撑计划“长江中游北部水稻丰产高效技术集成研究与示范课题”是由科技部、农业部、财政部、粮食局四部局联合安排的重大科技专项。

2007年10月，由湖北省十堰市农业局自主研发的“水稻覆膜直播湿润栽培技术”被列为2007年度湖北省农业科技成果转化资金重大项目。

水稻覆膜直播湿润栽培技术，是十堰市农业局针对农村多数青壮年劳力外出打工，农村劳力紧缺的实际，从2001年开始研发出的一项新的科技成果，具有“一早、两免、三省、四提高”的突出优点：

2004年，由中国农业大学、湖北省农业技术推广中心等单位的专家学者组成的鉴定委员会认为，该成果处于国际先进水平。

为了使这一成果尽快转化为现实生产力，让更多的农民得到实惠，湖北省科技厅、湖北省财政厅将此成果列为2007年度湖北省农业科技转化资金重大项目予以支持。

多年来，十堰市先后研究出地膜玉米、地膜水稻、地膜莲藕等一系列农作物地膜覆盖减灾增效技术，获得两项国家发明专利、农业部一等奖、湖北省政府二等奖。

2007年，十堰市在前旱后涝、低温寡照、病虫普发重发的情况下，由于狠抓了地膜覆盖、优良品种、配方施肥、病虫综防等技术的推广，并没有减产。

实践再次证明，在生产生态条件没有得到根本改善之前，地膜覆盖仍然是适合十堰山区实际的科技减灾增效技术。

二、组织行动

●农业科技人员晴天一身汗，雨天一身泥，在艰苦的山区条件下搞新技术的试验、示范，开展技术咨询与服务，把科技送到千家万户。

●2004 年 9 月，湖北省房县到处是一片丰收景象：金黄色的玉米挂满了农家小院，沉甸甸的稻谷在秋风中摇曳。

●与会代表参观了旬邑县三个地膜玉米吨粮丰产田现场，观看了机播演示，听取了种植大户地膜种植情况介绍。

湖北省取得显著成效

1987年，党中央、国务院及时推出了惠及农民的富民政策——温饱工程。

温饱工程以地膜覆盖技术为载体，重在帮助广大的山区农民解决温饱、摆脱贫困，被干部群众亲切地称为“德政工程”和“民心工程”。

低温和干旱是影响山区玉米产量低而不稳的两大制约因素，地膜具有增温、保湿、保肥、保水、调节田间小气候的多种功能。大力推广地膜覆盖技术，可以达到增产增效的目的。

当时，党中央、国务院把推广地膜玉米作为解决贫困地区温饱问题的重大工程，列为重大项目，得到各级领导的高度重视。

湖北省各级党委和政府严格按照国家七部委对实施温饱工程的要求层层建立领导小组，实行资金、技术、物资的配套输入，奠定了温饱工程的基础。

由于温饱工程辐射范围大，涉及部门多，政策性强，各有关部门通力合作，尽职尽责做好配套服务工作，认真落实有关扶贫政策，合力打好扶贫攻坚战，各司其职，按时落实资金，积极组织地膜、化肥，及时调配供应，逐级发放到农户，积极抓好宣传报道，激发群众学科学、用科学的热情。

到2003年，湖北省全省共组织地膜7万吨左右、肥料280万吨左右、种子6800多万吨。

湖北省地理条件差异很大，鄂西山区、鄂北山区、鄂南山区和大别山区，由于海拔较高、温度低、日照少，长期以来，当地农民的温饱难以解决。地膜覆盖技术以其实用有效，简单易行，保湿、增温、保肥、保水、增产的特点，一推出就受到各级政府和农民的欢迎，并且由此引发了一场“白色革命”。

在当地“土专家”和农业科技人员的共同努力下，湖北省的地膜覆盖在技术上不断创新和完善，越来越实用，越来越高效。

覆盖地膜由普通微膜改为超微膜，由地膜直播改为两段栽培，由育苗移栽改为塑盘育苗，玉米品种也由平展型改为紧凑种，形成了一套具有湖北特点的“超微膜、紧凑种、两段栽、配方肥、多熟套”配套栽培技术体系。而且，从地膜玉米发展到地膜水稻、马铃薯、烟叶、蔬菜、药材等多种作物。

地膜玉米的单产也随着技术创新不断得到提高。至2001年，实施温饱工程的26个贫困县市，大田地膜覆盖玉米亩产372公斤，地膜育苗移栽303公斤，分别比露地玉米增产175公斤、106公斤。

湖北省恩施土家族苗族自治州的大田地膜玉米亩产404.5公斤、十堰市亩产343公斤、宜昌市亩产371.3公斤，分别比实施温饱工程前增产 117.5%、170%、73.5%、97.1%。建始、恩施、兴山、房县、南漳等市（县）地膜高产示范田亩产都突破了 800 公斤。

地膜覆盖技术展现出强大的生命力和突出的社会经济效益，这些充分证明了技术创新是实现温饱工程的重要前提。

温饱工程取得的成就与广大农业科技人员长期在生产第一线的战斗是分不开的。农业科技人员晴天一身汗，雨天一身泥，在艰苦的山区条件下搞新技术的试验、示范，开展技术咨询与服务，把科技送到千家万户。

15 年间，湖北省累计投入科技人员 17.65 万人，办示范样板 10.8075 万个，面积达 822.75 万亩，印发技术资料 622 万份，不少科技人员还拿出微薄的工资帮助特困户购买生产资料。更让人难忘的是，易宗林、李宗信、薛天谷等同志在实施温饱工程中积劳成疾，英年早逝，献出了宝贵的生命。

至 2003 年，温饱工程在湖北省已经实施了 15 年。15 年间，各级政府高度重视，在有关部门的大力支持下，温饱工程取得了巨大的成就，硕果累累。

至 2003 年，湖北省全省累计推广地膜玉米面积 3.49046 亿亩，平均单产 301 公斤，比 1988 年单产提高 145 公斤，增幅为 92.9%；累计增产玉米 438 万多吨，增加产值 34.9 亿元。累计推广地膜水稻面积 190.6 万亩，平均单产 502.87 公斤，比 1996 年 374.6 公斤提高 128.27

公斤，增幅 34.24%；累计增产稻谷 24.5248 万吨，增加产值 2.2667 亿元。

温饱工程的实施，彻底改变了贫困高寒山区玉米只能收浆不能收玉米的状况，累计使 1946.67 万人口基本上解决了温饱问题，长期食用粗粮的山区农民还吃到了细粮。可以毫不夸张地说，一张地膜为山区农业结构调整腾出了土地空间，为农民相信科技找到了切入点，为农村经济的稳定奠定了坚实的基础。

山区粮食大幅度增产也解决了多种经营与粮食生产争地的矛盾，有效地促进了山区农业结构调整与优化。

广大山区群众把地膜覆盖栽培技术应用到水稻、马铃薯、烟叶、蔬菜和药材等作物上，充分利用本地资源大力发展粮经型、粮特型、粮药型、粮工型等高产高效的经济发展模式。

至 2001 年，全省多种经营面积发展到 1038.15 万亩，比 1988 年的 466.29 万亩增加了 571.86 万亩，增加 122.6%；粮经作物的种植比例由实施温饱工程前的 4.14 比 1 调整到 1.62 比 1。

实施温饱工程的 26 个市（县）粮食总产由 1988 年的 367.7912 万吨上升到 438.5906 万吨，农业人均纯收入由 346 元上升到 1627 元。群众生活得到了极大的改善，开始向小康目标迈进。

湖北省贫困人口主要分布在老革命根据地、少数民族自治地区、边境地区、欠发达地区，那里自然条件差、交通不便、信息不灵、科技落后，以前吃粮靠供应，穿衣靠救济，生产靠贷款，灾害年头闹饥荒。

“房县桥上乡，家家做木缸，不装米和面，专贮玉米浆”，这是房县桥上乡的真实写照，这是由于地处高寒山区，种玉米不能成熟，只能收浆。

长阳火烧坪是“牛庄地势高，处处是山包，中间几条槽，四面寒风交，一年干到头，肚儿不能饱”。火烧坪依靠地膜解决温饱后抓调整，走出了一条“地膜玉米饱肚子，高山蔬菜挣票子”的发展之路，呈现出玉米装满仓，蔬菜销外乡，家家盖新房，摩托满街跑的小康景象。

在各级领导和相关单位的共同努力下，15 年的温饱工程，使湖北省贫困山区大多数农民群众基本解决了温饱问题，取得了历史性的阶段胜利。

湖北省将继续加大力度抓好地膜覆盖技术的推广应用，依靠科技进步，努力提高粮食单产，确保粮食安全，为优化农业结构调整和农业产业化夯实基础，为实现小康目标而努力！

十堰市粮食获得高产

2006年，十堰市遭受了严重的倒春寒和伏秋连旱等多种自然灾害，如果按传统的农业种植方式，则春播将难以安苗下种，秋季收成将难以想象。

但十堰山区却传来喜讯：粮食总产达9.6亿公斤，创近8年来最高水平，同比增产达到1.705亿公斤，增幅高达21.6%，增产总量占全省增量的一半以上；平均亩产创历史最高纪录，达到253公斤，比2004年亩增9公斤。农民人均纯收入首次突破2000元大关，达2191元，同比增加201元。

粮食增产、农业增效、农民增收，显示出科技兴农的巨大抗灾增效威力。

湖北省西北地区的十堰山区，山多地少，地薄多灾，农业基础十分脆弱，是国家扶贫开发的重点区域，也是全省扶贫开发的主战场。

全市有常用耕地216万亩，人均0.62亩，耕地数量少、质量差，水田仅54万亩，旱地中薄坡地占1/3以上，南水北调中线工程的实施还将淹没17万亩好田好地，而且常年只下种、不施肥、又高产的30万亩消落地将被停耕，人地矛盾将更为突出。

多年实践反复证明，推广地膜覆盖技术，是众多抗灾技术中最有效、最廉价、最容易推广的技术。农村广大干部群众普遍认为“搞不搞地膜技术，不是收多收少的问题，而是有收无收的问题”。

针对贫困山区农业发展的突出问题，十堰市委、市政府狠抓科技兴农，大力推广地膜覆盖技术，解决了长期以来山区人民不得温饱的难题，有力地促进了农业结构调整和特色产业开发。

十堰市自然灾害频繁，最突出的是高山低温冷害和低山十年九旱，由此造成高山地区作物常年“秋风”不熟，低山地区作物常年干旱“卡脖”。

为此，十堰市农业农技人员高举科技创新旗帜，深刻认识本地自然规律，把握作物生长规律，着力研究探索科技抗灾技术，先后研发了地膜玉米、地膜水稻、地膜莲藕、地膜油菜等地膜覆盖系列技术。

这些技术充分发挥了地膜覆盖技术所具有的“节水抗旱、增温改土、保肥灭草、增产增效”等综合效能，实现了地膜覆盖技术由旱生作物（如玉米、马铃薯、花生等），发展到湿生作物（如水稻），又拓展到水生作物（如莲藕）的三次突破。获得了“一种全程地膜覆盖栽培水稻的方法”和“一种莲藕覆膜厢作增温节水高效栽培技术”两项国家发明专利。

十堰创新的地膜覆盖技术引起了国内外有关方面的高度关注，农业部先后在十堰市召开两次现场会，湖北省政府和农业厅也在十堰市多次召开现场观摩会。

2003 年，“国际地膜水稻技术研讨会”在十堰召开。在会上，国际水稻研究所、国际山地组织、德国基尔大学、中国水稻研究所、中国农业大学和华中农业大学等国内外知名院所（组织）与十堰市开展了项目合作。

央视综合频道、央视财经频道、央视国防军事频道专门到十堰市拍摄科教片；《人民日报》《中国日报》《科技日报》《农民日报》等媒体对此进行了聚焦报道；全国有 20 多个省区市的科技人员、学生、农民来电来函咨询，并广泛应用十堰市创新的地膜覆盖技术。

2004 年，国家科技部、农业部将地膜覆盖技术列为“粮食丰产科技工程”研究项目予以支持，“十一五”期间将继续予以专项扶持。

十堰市的地膜覆盖系列技术不仅破解了山区低温冷害和干旱缺水两大生产难题，而且为依靠科技兴粮，突出特色增收提供了技术支撑。

鉴于地膜覆盖技术对解决高寒山区农民温饱的特殊作用，自 1995 年以来，十堰市委、市政府把推广地膜覆盖技术作为科技扶贫的重要措施来抓，每年将地膜覆盖“以膜代补”专项资金 150 万元列入市级财政预算。

按照“以膜代补、市县配套，突出重点、技物结合，项目管理、量化考核、价格公示、阳光操作”的办法，各县市区级财政按 1∶1 的比例配套资金。

在实施过程中，对地膜补贴项目区，实行膜、种、肥、技四到户的项目管理机制，落实面积，配套技术，招标采购，统一供膜。

财政补贴后的农用地膜价格在新闻媒体上公示，对实施农户进行登记造册，张榜公布，实行“阳光操作”，确保政策实惠落实到项目区农户。

通过以膜代补的方式，扩大了地膜覆盖技术的推广范围，保证了项目区农户用膜的需要，起到了花小钱办大事的效果，被广大农民群众称为“造福于民的科技扶贫工程”和“花小钱办实事的德政工程”。

在地膜覆盖技术推广实施过程中，农技人员发挥吃苦耐劳、乐意奉献的优良传统，带着为民服务的真情，深入高山远山地区和地膜技术重点实施乡镇，办样板、搞攻关、抓示范、促推广，与农民心贴心，传授技术手把手。

2006年，全市在10个重点高山乡镇办地膜玉米核心样板10万亩，在20个重点乡镇办地膜水稻样板5万亩，在5个乡镇办地膜莲藕示范5000亩。

示范引导和示范户带动，大大促进了地膜技术的推广应用。据统计，全市参与地膜覆盖技术推广的农技人员700余人，发放技术资料15万多份，推广各类地膜覆盖技术面积近百万亩，有力地推动了科技进村入户活动。

十堰山区，正以一个山清、水秀、民富的农村生态经济格局展现出美好前景。

房县向致富农业跨越

2004年9月，湖北省房县到处是一片丰收景象：金黄色的玉米挂满了农家小院，沉甸甸的稻谷在秋风中摇曳，红彤彤的辣椒压弯了茎秆……

房县县委书记张维国说：

这一切都应归功于房县大力发展地膜农业，使房县实现了由温饱农业向致富农业的跨越。

过去，房县高山农民一年收获的粮食不够一季吃，吃粮靠供应，穿衣靠救济，生活苦不堪言。追根究源，这是因为山高气寒、日照少、积温低，除种植本地老品种玉米外，杂交玉米都不能在高山种植，即使种了，也是十年九不收。

自国家全面实施温饱工程地膜覆盖增温栽培技术后，房县针对高山贫穷落后的状况，决定将地膜覆盖技术作为一场“白色革命”的硬仗打，并引起了各级党委、政府及农业、科技部门的高度重视。

为此，房县农业局率先在全市推广地膜玉米栽培并获得成功。从最初小区试验推广，到面积的稳步扩大和技术的日臻完善，凝聚了房县广大农业工作者满腔的热血和赤子般的情怀。

不论经费状况如何，他们首先把农膜充足地筹措到位；准备覆膜时，派出专业技术人员到田间地头认真讲解、指导，力求让每一户农民都较好地掌握技术方法。与此同时，农业局还一并办好示范样板田，以便组织农民参观，好让事实说话。

农民确实看到了地膜栽培稳产又增产的作用，加之农膜还有专项财政补贴，价格低廉，何乐而不为呢。

于是，一户农民开始尝试地膜水稻栽培，两户农民开始地膜玉米种植，以点带面。通过增收农户的实例和身边的典型，广大农民逐步从观望、犹豫中走出来，纷纷加入农业“白色革命”中来。

此后，地膜覆盖呈现星火燎原之势，得到迅猛扩展，栽培技术逐年得到提高，粮食产量得到大幅度上升，玉米亩产提高了35%。开展地膜玉米栽培后，1999年桥上乡东蒿村曾创下了亩产达970公斤的纪录，水稻亩产提高了30%，高山区地膜水稻亩产达430公斤，为实现山区粮食增产、农业丰收开辟了成功之路。

成功的路上也有困难如影随形，技术人员和农户正是克服了一个个困难，才一步步走向成功。杂草拱破地膜，使地膜过早失去增温保湿作用，越发展，问题也就越凸现、越严重。这怎么办？面对难题，农业局党委研究决策，决定利用植保技术迅速攻克这一难题。植保工作者不负众望，仅用了两年时间，就有效地解决了地膜杂草的问题。芽前除草技术不仅省时省工防效好，更解放了一大批劳动力，从而让他们投入到其他生产环节当中，创造出更多的财富。

一通则百通，地下害虫防除、土壤消毒处理、配方施肥技术的运用等一整套农艺措施，通过各方面专家的指导和农民自己的实践，越来越多的农民掌握了这些实用、有效的好方法、好技术。

从以往的剧毒农药、高毒高残留农药，到现在的低毒低残留农药，以及生物农药的大面积应用，还有配方施肥技术的推广，深刻呈现出植保、土肥与粮油等单位并肩协作的身影，显示一场农业革命与诸多单位的技术依托和技术支撑的关系，从而推进了地膜覆盖农业的稳步发展，保证了农业的可持续发展。

从 1984 年开始，房县两膜玉米即地膜全覆盖玉米和营养钵育苗移栽玉米面积，每年以 30% 的发展速度递增，产量以 50% 的幅度递增；至 2003 年，两膜玉米总面积达到饱和程度 30 万亩，其中地膜全覆盖 8 万亩，营养钵育苗移栽 22 万亩，房县被农业部列为全国实施温饱工程示范县，并被授予“全国温饱工程先进县”的称号。

在实施玉米温饱工程成功经验的基础上，房县又将温饱工程地膜覆盖增温栽培技术延伸到水稻、莲藕、蔬菜生产上。

全国地膜水稻现场观摩会随之在房县召开，房县被列为全国地膜水稻示范县，被授予“全国实施地膜水稻先进单位”荣誉称号。

2004 年，房县以中央、省委两个 1 号文件贯彻落实为契机，激发农民种粮积极性，投入加大，提高科技含量，地膜水稻、地膜玉米推广面积再创新高，全县供应地膜 280 吨，比上年增加 20 吨；地膜水稻推广面积达 3 万亩，地膜全覆盖玉米 6 万亩，种植规模和质量居全市前列。

在温饱工程基础的奠定下，房县人民实现了由温饱农业向致富农业的跨越。

在农村粮食吃足有余的条件下，房县县委、县政府及农业、科技部门加大农村改革力度，解放思想，狠抓农业结构调整，将温饱工程延伸到黄姜、绞股蓝等地道中药材生产上，使之成为全县的致富工程。

2004 年，房县粮油、药菜生产各占半壁江山，其中粮油 30 万亩、药菜 30 万亩，均纳入致富工程领域。其中，地膜玉米 13 万亩，地膜水稻 6 万亩，地膜莲藕 5 万亩，地膜蔬菜 5 万亩，地膜药材 5 万亩。全年农村种植业经济总收入突破 2 亿元。

温饱工程在房县大面积推广应用，不仅取得了显著的经济效益，而且取得了很好的社会效益和生态效益。

促进竹溪县农业大发展

1989 年，温饱工程的实施，促进了湖北省十堰市竹溪县山区玉米生产的全面增产丰收，解决了山区农民吃饭难题。

温饱工程在全国推广时，在湖北省十堰市委、市政府的大力支持和正确领导下，竹溪县委、县政府领导全县干群，认真贯彻落实党中央扶贫开发的各项方针政策，始终把扶贫开发重点放在投资少、见效快、无风险的覆盖农业项目上，坚持科技兴农，强化科技应用，切实落实以膜代奖的扶持政策，挤出配套资金，直接补贴给农民，激发了农民推广积极性。

经过全县干部群众的共同努力和奋力拼搏，地膜覆盖技术的推广应用取得了显著成效，抵御了春末夏初的低温冷害、伏秋干旱、雨涝冰雹等多种自然灾害的袭击，显示了地膜覆盖技术抗灾增产、增收促调的多重效应，谱写了科技抗灾、避灾、减灾增收的新篇章。

自实施温饱工程以来，湖北省十堰市竹溪县从实际出发，坚持在高山地区推广玉米超微膜全覆盖、低山地区推广育苗移栽的两膜玉米栽培技术，从而有效地解决了高山春迟秋早两头寒、中低山地区卡脖旱的突出矛盾，增强了抗灾避灾能力，实现了玉米稳产高产。

1991 年，全县玉米单产首次突破 200 公斤，达到 201 公斤，一举打破了竹溪单产徘徊在 150 公斤左右达 13 年之久的历史。1995 年至 1998 年，全县单产提高到 243 公斤、256.5 公斤、288 公斤和 302.5 公斤，连续跨越两个新台阶；2003 年又迈上了 312 公斤单产新纪录。

在总结玉米增温栽培技术的同时，“九五”期间又加大了水稻、莲藕、洋芋、油菜、花生等作物地膜覆盖技术的推广应用力度，取得了抗灾增产的显著效果，并受到了农业部、省农业厅和市委、市政府的多次表彰。

地膜玉米自 1989 年至 2003 年全县累计推广 279.3 亩，平均单产 262.7 公斤，比露地直播栽培亩平均增产 133.8 公斤，累计增产 1.87 亿公斤。

地膜水稻起步于 1995 年，截至 2003 年，全县累计推广 28.6 万亩。调查统计，2000 年至 2002 年，全县累计推广 13 万亩，平均单产 492 公斤，新增单产 122.5 公斤，新增总产 1592.5 万公斤，新增总产值 1830.3 万元，新增纯收益 2373 万元。

地膜莲藕起步于 1999 年，截至 2003 年全县累计推广 7700 亩，平均单产 2274 公斤，较常规栽培亩增产 485 公斤，增幅 27%。

由于地膜覆盖技术的全面推广，全县粮食生产水平得到了大幅度提高，农业人均占有粮食稳定达到了 500 公斤以上，彻底解决了群众的温饱问题，农村稳定得到了有效保证。

在温饱工程的支撑下，房县县委、县政府大做产业结构调整文章，巧念结构调整真经，开创产业兴县、产业富民之路，基本形成了以茶叶、魔芋为支柱产业，以黄姜、小药材为增收项目的结构调整新格局。

到2005年，全县大宗特色产业茶叶新建茶园6万亩，使茶园面积达到10万亩，稳定发展魔芋4.5万亩、黄姜5万亩、药材5万亩，从而为全县双增目标的实现构筑了坚实的骨架。2003年全县农业人均纯收入达1677元，比实施前的1989年的316元提高5.3倍。

地膜覆盖技术的推广，不仅解决了群众的温饱问题，而且有效地提高了科技成果的转化率，以及科技创新的积极性。

同时，实施领域也得到了不断拓宽，全县增温栽培已由过去的单一玉米覆盖发展到水稻、油菜、马铃薯、莲藕等多种粮经作物；由过去解决高山低温的突出矛盾为主，延伸到解决低山地区干旱缺水的抗旱节水栽培上，从旱生作物发展到湿生作物，进而发展到水生作物上，其应用范围和领域越来越广。

为了充分利用作物时空差、生理差，在旱作开发上，坚持“间套作物重组，技术配套优化，分层立体开发”的调整新思路，种植模式不断优化创新，由传统的粮粮或粮油种植模式向粮经多元化种植模式迈进，探索出了适宜种植的“魔—麦—玉—菜、魔—麦—玉—薯、魔芋—人豆、黄姜—玉米”等立体模式，大搞粮食作物和经济作物多元间套，提高作物复种指数，增强作物抗灾弹性，为群众的致富开辟了有效途径，从而使竹溪县农业生产形成了粮经并举的经济格局，开创了粮钱双丰收的新局面，促进了县域经济的健康发展。

竹溪县农业部门在温饱工程的深化实施上，坚持科技创新，在抓好玉米、水稻、莲藕覆盖技术推广研究的同时，积极拓展实施领域，狠抓马铃薯、花生、小型药材等作物的示范推广，积极研究黑色超微膜覆盖水稻直播技术，为降低生产成本、提高覆盖效益做出了显著成绩。

三门峡发展配套农业

从1987年开始，河南三门峡市遵照农牧渔业部在1986年湖北省召开的玉米盖膜会议精神，全市进行多点试验、示范，结果表明，不论高寒山区，还是旱塬丘陵，采用地膜覆盖栽培均能大幅度增产。

三门峡市属山地丘陵地貌，暖温带大陆性季风型气候。全市共有76个乡（镇），其中有45个乡（镇）分布在海拔600米以上的丘陵山区，24个乡（镇）分布在海拔800米以上的深山区，自然条件复杂，气候多变，年平均气温10℃至12℃，年降雨量550至640毫米，无霜期142至210天。气温偏低，降水偏少，无霜期短的气候特点，严重影响了农业生产的发展，作物产量低而不稳，致使一些群众的温饱问题得不到解决。

地膜覆盖栽培技术的应用，可有效地克服不利条件影响，使作物产量大幅度增长，甚至成倍增长。

一般盖膜玉米比露地亩增产200公斤左右，增长78%左右；盖膜红薯亩增产140公斤左右，增长50%左右。成功的试验、示范有力地推动了盖膜面积的迅速扩大。

从1989年至1994年，全市累计推广地膜覆盖栽培玉米、红薯26.9071万亩。仅1994年，地膜覆盖栽培玉米、红薯就达 7. 149 万亩，占春播玉米、红薯面积的 27. 5%，占适宜地膜覆盖栽培面积的 51. 06%。

据统计，从 1989 年至 1994 年，全市累计推广地膜覆盖栽培面积 27. 2541 万亩，覆盖作物有玉米、红薯、棉花和瓜菜等，其中地膜覆盖栽培玉米、红薯 26. 9 万亩，总产 12438. 35 万公斤；比露地栽培玉米增加粮食 5290. 7 万公斤，增加经济效益 3964. 79 万元，净增值 2826. 37 万元；可以解决 7. 06 万人的吃饭问题，占全市总解决温饱人数的 24. 6%，因此，被广大群众誉为温饱工程。

到 1994 年，三门峡市全市还有近一半适宜地膜覆盖面积未推广地膜覆盖栽培技术。如果全市适盖区都进行地膜覆盖栽培的栽培，经济效益将更加可观。

三门峡市自 1987 年以来，在高寒山区推广玉米地膜覆盖配套栽培技术，使玉米产量大幅度提高；同时摸索出了适合本地条件的配套栽培措施，提高了群众科学种田素质，大力普及了科学种田技术。

温饱工程技术的推广，促进了三门峡市农业生产的发展，成为解决广大群众温饱，实现脱贫致富的一条重要途径。

陕西农业带动区域经济

从1980年陕西省首次开展农作物地膜覆盖栽培试验成功以来，地膜覆盖栽培技术在陕西省得到迅猛发展。

陕西省地膜覆盖技术推广以地膜玉米、地膜棉花、地膜小麦、地膜薯类最为突出，地膜玉米试验始于1983年，1987年示范面积12万亩，1991年列入温饱工程核心技术后，面积迅速增加。

据初步统计，1989年以来，全省累计推广地膜玉米2800万亩，增产玉米26.8亿公斤，为解决贫困地区群众吃饭问题起到了重要作用。

陕西省的地膜小麦于1996年秋播引进1196亩试验成功，1997年突破20万亩，1998年达到248.9万亩，2000年收获面积达400.69万亩，全省累计推广地膜小麦960万亩，增产小麦7.4亿公斤。

陕西省的地膜棉花推广始于1980年，在1983年猛增到126万亩，以后随全省棉花面积的减少而有所减少，但在棉花种植总面积中却一直保持较高的比例。

陕西省的地膜薯类推广始于20世纪90年代初，1996年以来得到大面积推广；1996年，全省推广面积6.98万亩；2000年达到96万亩。地膜薯类上市早，产量高，一般亩增产鲜薯400至500公斤，亩增收200至300元，成为山区农民增收的重要途径。

汉中川道冬播地膜马铃薯提前1个多月收获，每公斤售价较普通种植高出0.4至0.6元，亩收入可达1000多元。此外，地膜油菜也得到了推广，2001年全省收获地膜油菜17.9万亩，平均亩增产54.5公斤，增产率高达68.6%。

陕西省在地膜覆盖技术应用上也取得了突破，先后试验示范成功节膜栽培、全地面覆盖栽培、两段膜栽培、双膜覆盖等地膜覆盖新技术。地膜小麦经过不断试验、示范和技术配套，已发展成为集良种、机械精量播种、平衡施肥等技术为一体的创新技术体系。

2000年，陕西省在配合地膜小麦技术、地膜油菜技术的基础上，又示范推广了"一膜两用"技术。在2000年，全省地膜覆盖应用面积近50万亩，平均亩增收220元。

"一膜两用"不仅充分利用了地膜覆盖的增温保墒作用，提高了地膜的利用率，而且促进了渭北旱塬耕作制度由一年一熟或两年三熟变为一年两熟，为结构调整提供了广阔空间。

自实施温饱工程以来，地膜覆盖栽培技术在陕西省已由推广初期主要应用于棉花、花生等经济作物，扩大应用到玉米、小麦、薯类、谷子、大豆、油菜、水稻、绿豆及其他杂豆、高粱、中药材等作物。到2000年，全省各类作物地膜覆盖面积已达900万亩，为农业增产和农民增收作出了重要贡献。

2004 年 4 月上旬，陕西省农业厅在旬邑县召开了全省春播暨地膜玉米高产栽培技术推广现场会。各设区市主管农业的副市长，各设区市农业局局长、农技中心主任，地膜玉米主要种植县的主管县长、农业局长参加了会议。

与会代表参观了旬邑县 3 个地膜玉米吨粮丰产田现场，观看了机播演示，听取了种植大户地膜种植情况介绍。

在会上，王寿森副省长作了重要讲话。陕西省农业厅梁凤民厅长就当年春播，及地膜玉米技术推广工作的贯彻落实谈了几点意见；史俊通副厅长安排部署了全省春播及地膜玉米技术推广工作。咸阳市、旬邑县政府代表分别介绍了发展地膜玉米生产的基本情况和主要经验。

会议指出，当前，玉米是陕西省种植效益最高的作物，其单产仅次于水稻，但适应性和面积远大于水稻。玉米是主要的饲料作物和重要的工业原料。发展玉米生产既可有效提高粮食作物生产能力，又能较好地协调解决发展粮食生产和调整农业产业结构、增加农民收入之间的争地矛盾。

会议指出，夺取全年粮食丰收责任重大，要求各级农业部门认真贯彻中央 1 号文件和发展粮食生产的政策措施，充分认识恢复发展粮食生产工作任务的艰巨性，把春播和地膜玉米推广作为当前农业生产的中心工作来抓。

玉米地膜覆盖技术，在陕西省推广期间，平均亩产较露地玉米增产150至200公斤，一般亩增收100至200元，增产增收效果十分明显。

2004年，陕西省计划在全省推广地膜玉米350万亩，希望通过这项技术的推广，努力提高玉米单产，提高粮食生产效益。为了提高农户种植地膜玉米的积极性，省政府专门拿出3500万元对种植地膜玉米的农户进行补贴，每亩补贴10元。

2004年，陕西省西安市把实施温饱工程作为促进农业增产农民增收的一件大事来抓，取得了显著成效。

西安市11.8万户贫困农民实施的15万亩温饱工程项目，亩均增加纯收入509元，取得了温饱工程项目实施以来的最好成绩。

西安市的温饱工程项目，以山塬贫困乡村为重点，涉及蓝田、周至、户县、长安、临潼5个区县729个村的118797户农民，项目实施面积15.3671万亩。

为了通过项目实施帮助农民增收，西安市及时将地膜覆盖的粮食作物与经济作物面积比调整为6:4，其中地膜玉米6.4万亩、地膜马铃薯3.2万亩、地膜经济作物5.6万亩；各区县逐村逐户落实地膜覆盖栽培的扶持政策，加强各阶段的田间管理，提高粮食生产科技含量；市、区、县共投入305.7万元，积极组织调运地膜、种子、化肥等农用物资，送到农民手中。

2004 年，西安市全市地膜玉米平均亩产 417.6 公斤，比同等条件下露地玉米亩增产 138.4 公斤，增产率 49.6%；地膜马铃薯平均亩产 1977 公斤，比同等条件下露地马铃薯亩增产 929 公斤，增产率 88.6%；地膜经济作物亩纯收入 1005.4 元，比种粮亩增纯收入 730 元。

2006 年，陕西省蓝田县温饱工程实施面积首次突破了 10 万亩，相当于全市前几年温饱工程面积的总和。

为扶持贫困群众实施温饱工程，蓝田县政府制定了一系列优惠政策。

一是对群众实施温饱工程所需地膜实行补贴供应，按实际种植面积每亩补贴供应地膜 4 公斤；对灞源、九间房、蓝桥、玉川、葛牌和辋川等 6 个乡镇各 10 户，“双女户”每户免费供应地膜 5 公斤。

二是继续落实省政府地膜玉米补贴政策，每亩补贴 10 元。优惠补贴政策的落实，极大地调动了群众生产积极性，促进了全县温饱工程的实施。

蓝田县作为实施温饱工程的重点县，地膜覆盖技术已成为山区农民自觉自愿实施的科学种植模式。2006 年，蓝田县地膜玉米近 5 万亩、地膜马铃薯 1 万多亩、地膜西瓜 3.58 万亩。

据蓝田县农技中心调查，地膜玉米平均亩产 487.8 公斤，较露地玉米亩增产 115.5 公斤、增产率 31.0%；地膜玉米亩纯收入 420 元，总收入 2096.4 万元。地膜马铃薯平均亩产 2092.9 公斤，较露地马铃薯亩增产 732.1

公斤，增产率53.8%；地膜马铃薯平均亩纯收入980元，总收入1663.4万元。地膜西瓜平均亩纯收入600元，总收入2148万元。全县实施温饱工程农民增收总额达到5907.8万元。

2006年，蓝田县农技中心把技术创新作为提高地膜玉米和地膜马铃薯单产水平的突破口，继续大面积推广地膜玉米高产综合配套栽培技术、马铃薯覆膜早播高效栽培技术、地膜马铃薯套架豆或玉米，同时重点示范推广马铃薯双膜覆盖（地膜+拱棚）栽培技术，以及玉米和马铃薯新品种。

华胥镇张斜村示范种植双膜马铃薯50亩，于5月中旬开始收获上市，平均亩产1760公斤，平均每公斤售价1.80元，亩纯收入1500至1800元，比单膜覆盖地膜马铃薯亩增加纯收入700多元。

蓝田县先后组织35名农技、蔬菜技术人员深入各乡镇开展工作，同时，邀请陕西省西瓜种植能手蒲城县农民技师张俊义和市农技中心专家来蓝田，分别在三里镇、金山、三官庙和前卫等乡镇开展技术培训、咨询6场次，培训1200多人次，印发了《西瓜高效栽培技术》资料3000份。

温饱工程通过科技引路和优惠政策，激发了农民的积极性，带动了各区县发展区域经济，增加了农民收入，为解决贫困地区群众的温饱问题立下了汗马功劳。

三、全国推广

●2008年4月，在甘肃临洮县洮河两岸的广大山、坪区，随处可见人们正在技术人员的精心指导下起垄覆膜。

●群众高兴地说：“农业技术员时刻不忘咱，就像家中的小广播，既听到了政策信息，又收到了技术、物资、信息，我们一百个满意、一千个放心。”

●王文泽拉着他同事刘春玉的手说：“你一定要替我把课讲完，农民们大老远来这里听课不容易啊……”

各地开始推广温饱工程

1982 年，山西省忻州市农业技术推广站开始引进试验地膜覆盖技术，进行示范推广。

经过近 20 年的不懈努力，温饱工程技术已带来农业上的一次“白色革命”。

忻州市从经济作物发展到粮食作物，从水地发展到旱地，从低海拔暖温区发展到高海拔冷凉区，从平作覆盖方式发展到垄际覆盖、立体覆盖，从普通地膜发展到微膜、超微膜、降解膜、渗水地膜等，总结出一套完善的地膜覆盖系列栽培技术，成为全市农业增产、农民增收的一项龙头技术。

忻州市从 1989 年至 2000 年，连续 12 年实施了农业部地膜覆盖温饱工程，面积达 729.2 万亩次，累计增产粮食 6.28 亿公斤，增加纯收入 4.5 亿元，使工程区的 801.4 万人次群众平均每人每年从项目中增加粮食 84 公斤，增加纯收入 56.2 元。

忻州市从 1997 年至 1999 年连续三年实施了山西省高寒冷凉区地膜覆盖温饱工程，使温饱工程成为贫困地区人民的脱贫工程、致富工程、翻身工程。

从 1988 年开始，农业部开始在湘西土家族苗族自治州花垣、保靖、永顺 3 个县实施温饱工程。在温饱工程的带动下，湘西土家族苗族自治州的粮食总产从1986年的66万吨增加到2001年的85.66万吨，人均产粮由350公斤增加到390公斤，湘西土家族苗族自治州因此在1996年结束了从外地调进口粮的历史。

2006年，陕西省周至县共实施温饱工程2万多亩，其中地膜玉米1万多亩，地膜洋芋3981.2亩，经济作物3887.2亩，涉及深山及沿山11个乡镇73个村280个村民小组4801户。

同年，周至县温饱工程地膜玉米、地膜洋芋等农作物喜获丰收，全县地膜玉米平均亩产466公斤，亩增产232公斤，增产率99.1%；地膜洋芋平均亩产1506公斤，亩增产506公斤，增产率50.6%；辣椒平均亩产1150公斤，增产率36.9%；西瓜平均亩产1200公斤，增产率35.8%；架豆平均亩产1500公斤，增产率25%。

同样，在陕西省绥德县的山川沟道农田里，到处都能看到铺设的地膜。被誉为高寒贫困山区温饱工程的地膜玉米，是绥德县农民增收的重要来源之一。实践证明，地膜玉米在当地平均亩产可达800公斤以上，比露播玉米每亩可增产300至400公斤，增收300多元。

在2007年，政府每亩补贴10元，鼓励农民种植玉米全部实行地膜覆盖。绥德县共种玉米5万亩，其中地膜玉米达4.5万亩，较去年翻了近一番。

温饱工程地膜技术的推广，不仅稳定解决了群众的温饱问题，而且有力地促进了农民增收。

创造全膜双垄沟播法

1998年，自温饱工程地膜玉米栽培技术实施以来，中江县在四川省范围内首创一年收获两季的花生栽培技术。

这一栽培技术是指2月播种，6月收获；6月再播种，10月又收获。

到2000年，这项技术已在中江县8个乡镇的4.7万亩土地上得以推广，当地农民因此收到了“人增收，地增肥”的“双赢”效果。

原来，在1998年初，中江县辑庆镇农民受大棚蔬菜、地膜玉米栽培技术的启发，开始尝试用地膜来栽培花生。

在当年的6月，试种花生亩产就达500公斤以上，以每公斤3元计，这种反季节花生每亩纯收入在1200元以上，比种常规粮食作物的收入多出一倍。而且，花生在生长过程中产生的根瘤菌，对增加土地肥力也有极大的好处。

此季花生收获后，在同一块地上再按常规播种花生，每亩又可收获300公斤以上，每公斤秋花生的价格仍在3元左右。

这样，一块地上的两季花生一年每亩即有2000元左右的纯收入。

中江县政府多种经营办公室获悉此事后，与县农业局的专家一起将辑庆镇的做法进行总结并及时在该县适宜花生种植的8个乡镇进行推广。

中江县多种经营办公室先后举办了三期地膜花生栽培技术培训班，向300多名农民技术骨干授技，县农业局还派出专业人员深入各乡镇开展技术服务，有力地促进了该县两季花生的发展。

到2000年，该县地膜花生的种植面积已达4.7万亩，比去年增加了2万亩。仅此一项，农民即可比去年增收2400万元。

2008年6月18日，全国玉米地膜覆盖免耕栽培技术现场会在甘肃省中部广河县隆重召开。来自全国的专家学者和10个省区的代表出席现场会，并现场观摩和学习了全膜双垄沟播玉米种植这一旱作农业新技术的推广应用。

1985年，自地膜玉米新技术在广河县南部干旱的水泉乡试种成功以来，逐步向全县大面积推广。

为进一步提高玉米生产效益和抗旱能力，广河县于2004年引进了全膜双垄沟播玉米种植新技术。

2007年，广河县推广种植2500亩，平均亩产达到707.25公斤，比地膜玉米每亩增产达到了195.5公斤，增产率达到38.2%，经济效益十分可观。

经过多年的不懈努力，广河县玉米种植在全州率先实现了地膜化。为此，在 2008 年，广河县加大推广力度，结合旱作农业项目的实施，推广种植地膜玉米 11.8 万亩。

地膜玉米新技术，尤其是全膜双垄沟播玉米种植新技术的推广应用，使广河县旱作农业得到了长足发展，广大农民真正得到了实惠。针对部分地区干旱少雨的突出问题，大力推广应用这一旱作农业新技术具有十分重要的推广价值和现实意义。

临洮县推广全膜技术

2008 年 4 月，正是桃花绽红、柳芽吐新的季节。覆盖着大片大片白色地膜的田地，焕发着无限生机，孕育着农民丰收的希望。

在甘肃省临洮县洮河两岸的广大山区、坪区，随处可见忙碌着的身影，人们正在技术人员的精心指导下起垄覆膜。

此时，临洮县委、县政府紧紧抓住省里旱作农业项目实施的机遇，组织农业科技人员和广大群众在全县山区、坪区乡镇村社开展顶凌覆膜，推广以玉米、洋芋为主的旱作农业全膜双垄沟播技术。

在衙下集镇刘排坪村的一块山地梯田里，村民曾建德正带领全家铺膜，地里站满了围观的群众。

原来是县乡农业技术人员正在现场为刘排坪村的群众示范全膜双垄沟播起垄覆膜技术。

曾建德说："现在，政策越来越好了，不仅拿政府补助的地膜种自己的地，而且县乡农业技术人员还手把手地教，今年的墒情很好，我准备种 3 亩全地膜玉米。"

临洮山、坪区旱作农田面积大，旱作农业面积约占全县总耕地面积的 70%，降水稀少，粮食产量较水川区低而不稳。"种在地，收在天"的自然条件严重制约着广大山区、坪区的农业生产，农民从种植业中持续增收较困难。

近年来，临洮县针对县域内春播期间降水偏少，春旱多年发生，露地种植作物生长发育受限的不利气象因素，根据不同区域气象条件和种植实际，积极调整种植结构，实施“压夏扩秋，扩大马铃薯、玉米等抗旱、高产作物的种植面积，大力推广优良品种、地膜覆盖、配方施肥、膜侧沟播、集雨补灌、垄作栽培”等抗旱技术，使旱作区农业生产水平有了很大提高。

2007 年，在省、市农业部门的指导下，县里开展了全膜双垄沟播玉米技术的试验、示范推广，抗旱增产效果十分显著，为全县旱作农业的发展开辟了一条新路子。

2008 年，全省旱作农业技术推广项目任务下达以来，临洮县从保证粮食安全，促进干旱、半干旱地区农村经济发展和新农村建设的高度出发，把全膜双垄沟播技术推广作为促进全县农业结构战略性调整，实现农业增效、农民增收的重要举措来抓。

临洮县紧紧抓住省级旱作农业项目实施的机遇，采取有力措施，在全县广大山区、坪区乡镇村社示范、推广以玉米、洋芋为主的旱作农业全膜双垄沟播技术，取得了阶段性成效。

首先，临洮县委、县政府及早部署落实旱作农业技术推广工作，按照奖优罚劣的办法，建立了“县级领导包抓示范区，乡镇领导包抓示范点，村社干部包抓示范户，科技人员包抓技术服务”的工作机制。

同时，临洮县组织县乡村干部在走访群众、实地考察的基础上，计划在全县 17 个乡镇完成旱作农业新技术推广任务 8.5 万亩，逐户逐块丈量规划出全膜双垄沟播玉米 5.3 万亩、双垄全膜覆盖马铃薯 3 万亩，规划千亩示范点 31 个。

到 4 月底，临洮县旱作农业覆膜播种工作已基本结束，山川大地很多地块已被地膜覆盖，放眼望去一片银装素裹。

在玉井镇逐渐解冻的山地、坪地里，一面印着“玉井镇全膜双垄沟播技术推广工作队”字样的红旗正在迎风招展，白色的塑料薄膜卷沿着开好的垄沟向前滚动着，土地正一块块地被白色的塑料薄膜所覆盖。

由镇政府工作人员和县农业部门技术人员组成的工作队，正在指导农民起垄、施肥、覆膜，田野、农庄到处洋溢着春天的气息，飘荡着农民的欢笑。

为了有效推广应用这项技术，各乡镇在春节过后，分别采取集中办班、入户培训和田间指导相结合等灵活多样的方式，积极主动地抓农技人员、乡村干部、示范农户和普及推广四个层次的技术培训。

截至 4 月，全县共举办培训班 260 期，举办现场培训会 284 期，发放光盘 878 张，发放技术资料 8.1 万份，培训农民群众 7.5 万人次。

在县乡农技人员的指导下，配方施肥、良种良法、机械化耕作和病虫害综合防治等集成配套关键技术得到推广应用。

临洮县农技中心30名技术人员全部包乡蹲点，开展技术指导，建立了技术人员联系帮扶农户制度，各乡镇干部、县乡农技人员与农户同吃、同住、同劳动，帮助指导群众覆膜播种。

在技术推广实践中，临洮县农技人员充分发挥主观能动性，指导群众改进覆膜机，并自制方便、快捷的点播工具，加快了覆膜速度，减轻了农民劳动强度，受到了群众的一致好评。

同时，在保证甘肃省上旱作农业项目120吨地膜落实到户的基础上，临洮县委、县政府从县财政拿出60万元，购买40吨地膜，弥补了因物价上涨形成的项目资金缺口，按照任务不变、补助不变的原则，按每亩2公斤地膜的标准给农民补助。

临洮县直单位也积极向联系乡镇筹集资金和化肥、地膜等开展帮扶，各项目乡镇也积极筹资对项目农户实行了不同形式、不同程度的再补贴，补贴额达到181万元。

在龙门镇，政府筹资1.17万元补助三十铺村示范农户13吨马铃薯良种，扶持群众进行全膜种植；南屏镇为加快进度，调动农户积极性，党政领导和全体干部职工踊跃集资，捐款8800多元，购进化肥、种子对示范农户进行补贴，收到了较好的效果。

刘排坪村群众曾建德兴奋地说：“通过技术员的培训，我们知道了全膜覆盖有保墒、增温、增产的优点，在我们这十年九旱的坪上很适应，我们今年要努力夺得高产。”

这时，旁边一位青年妇女补充说：“全覆膜要比以前半覆膜的铺膜速度快，铺两块就抵原来的三块，铺起来一点儿也不费工，大家的积极性都非常高。”

为抢抓时节，保证进度，临洮县成立了两个旱作农业督察组，由县委、县政府主管农业的副书记、副县长带领督察室、监察局、农业局等单位人员深入乡镇、村社、田间地头督促检查。

临洮县副县级以上领导和各联系乡镇的领导也深入旱作农业第一线督促指导工作，保证了该项工作的顺利开展。

临洮县农业局、农技中心领导干部每人承包两个乡镇，开展技术督察，督促乡镇按技术规程严格落实技术措施和示范点建设。

2008 年 3 月，临洮县组织召开了由县里主要领导、各乡镇领导和县直有关单位负责人参加的全县旱作农业现场观摩会议。

会议组织观摩了玉井、新添、峡口等 7 个示范点，认真分析了全县旱作农业技术推广面临的形势和任务，进一步认清了工作中存在的突出问题，通过观摩比较，有力地鞭策了后进，促进了工作进度。

到4月底，全县共完成旱作农业技术推广总面积达8.5966万亩，是甘肃省下达任务的107.5%，覆膜播种工作已基本结束。

以全膜双垄沟播为主的集成配套技术已成为支撑各地科技抗旱和旱作农业发展的关键技术。

甘肃省农牧厅厅长武文斌说：

> 在市场和政府的推动下，2009年，甘肃省全膜双垄沟播技术推广面积已经接近700万亩，覆盖了中东部旱作农业区，预计可增产粮食15亿斤。

温饱工程覆膜技术唱出了农业丰收歌，铺就了农民致富路。

陕西地膜玉米获丰收

2007年5月，在春播之际，陕西省渭南市澄城县全县通力协作，再掀地膜玉米种植热潮。

自2005年澄城县被确定为农业部农业科技入户工程玉米试点县以来，玉米生产取得了可喜的成绩。

尤其是在2004年超高产竞赛活动中，实现了多户亩产突破吨粮的目标。冯原镇迪家河村示范户雷王伟，创渭北旱塬地膜春玉米单产1265公斤的纪录。

这些有益的探索、实践，很好地实现了农业增效、农民增收，示范、辐射、带动作用明显。

陕西省澄城县地处陕西渭北旱塬，是典型的旱作农业区，玉米生产在种植业生产中举足轻重。玉米地膜覆盖栽培是大幅度提高春播玉米单产的一项关键技术。2007年，澄城县根据实际，计划在全县推广地膜玉米10万亩，确保8万亩。

很快，各乡镇、部门将种植任务细化分解，落实到村、到组、到户、到田块，把推广工作和中央1号文件宣传结合起来，充分利用广播、电视、科技培训、散发传单等形式，大张旗鼓地宣传先进典型，用群众身边鲜活事例教育引导群众，把地膜玉米的增产账、增收账和农民一起算明白，让群众自觉自愿投入到地膜玉米推广工作中来。

为了切实做好地膜玉米推广工作，农业部门抽调精兵强将，分别包联乡镇，深入村组农户，调查摸底核实，层层落实责任，确保地膜玉米推广任务的完成。

在技术指导与服务方面，澄地县农业部门把地膜玉米推广与农业科技入户工作紧密结合，抓早动快，县农业技术推广中心组织50名技术指导员深入基层农户，驻村蹲点，为农民送政策、送技术、送放心农资，为群众开展地膜玉米技术培训、测土配方施肥等技术服务工作。

2007年春，雨水足，墒情好，科技指导员深入农户家中、田间地头动员、指导群众抢时抢墒，做好春播备耕工作，建立示范田块，现场讲解技术要领，规范操作规程，把地膜玉米按技术要求种在最佳播期，为丰产丰收奠定基础。

同时，澄地县农业部门还结合春季农业生产实际，及时为农民提供果园管理等不同方面的综合服务，开展多种技术培训，发放技术资料。

群众高兴地说："农业技术员时刻不忘咱，就像家中的小广播，既听到了政策信息，又收到了技术、物资、信息，我们一百个满意、一千个放心。"

澄城县农牧局还利用电视台《农牧科技》栏目滚动播放农业科技入户专题片，向群众宣传农业科技知识。他们还以"现身说法谈致富"的形式，通过技术指导员、科技示范户现场讲述在玉米入户示范工程中的亲力亲为，将一个个鲜活、生动的致富故事介绍给观众，向农民朋友传达科技致富的信息，起到了广泛的宣传作用，群众种植地膜玉米的积极性很高。

在2007年春播生产的大好时机，澄城县以农业科技入户工程为平台，结合全民创业年活动，以增加农民收入、推动现代农业为目标，全县上下通力协作，再掀当年温饱工程提倡的地膜玉米种植热潮。

通渭全覆膜玉米大丰收

2008 年 10 月 21 日，深秋时节，在甘肃省通渭县川塬山区丰收在望的玉米地，一片接一片的玉米郁郁葱葱，沉甸甸的玉米棒压弯茎秆。

在这一年，通渭县大力推广全覆膜双垄沟播玉米技术，全县 14.49 万亩全覆膜玉米长势喜人，丰收已成定局。据农技专家估产，平均亩产可达 650 公斤，总产将超过 9.5 万吨。

通渭县是国家扶贫开发重点县，干旱少雨一直是困扰通渭农业生产发展的一大障碍。

长期以来，群众习惯于在秋季大面积播种冬小麦，部分群众还利用秋季降雨种植大秋作物，但是，受春末夏初旱、伏旱的影响，夏粮、秋田作物常常大幅度减产。

为了探索出一条解决旱作农业条件下粮食增产、农民增收的新路子，通渭县引进全膜双垄沟播玉米栽培技术，首先在碧玉乡景木岔社布点进行试验示范。

2007 年，通渭县总结示范点经验，推广全膜玉米 1.73 万亩。在这一年，尽管玉米遭受了极度干旱、冰雹等灾害，但是，玉米平均亩产仍达到 602.5 公斤，比半膜覆盖亩增产 132.5 公斤，增幅 28.19%，被广大干部群众形象地称为“旱不垮、打不倒”的“铁杆庄稼”。

全膜双垄沟播玉米在60年不遇的特大干旱之年奇迹般地获得丰收，使通渭人看到了发展旱作农业的新希望。

通渭县委、县政府把推广玉米全膜双垄沟播技术作为一项惠及百姓、关注民生的重大任务。县里专门成立了领导小组，并把这项工作纳入乡镇“三位一体”年度考核，与各乡镇签订了目标管理责任书。

2007年秋季，全县及早动手，抽调千名干部下基层，开展以全膜玉米地块预留为重点的帮扶活动，并多次召开现场观摩会议，对地块落实、覆膜进度、覆膜质量和物资供应开展集中督察。

在2007年秋季，通渭县就完成秋覆膜8.24万亩。2008年春季以来，通渭县委、县政府早安排、早部署，并再次抽调千名干部下基层开展帮扶活动，完成顶凌覆膜2.85万亩，播前覆膜3.4万多亩。

在推广中，通渭县创新机制，充分运用宣传教育、政策引导、利益驱动、示范带动等多种方法，调动各方面积极因素。

通渭县农业局贷款135万元提前预购了所需地膜，确保了覆膜进度；在甘肃省每亩补贴地膜款20元的基础上，通渭县里增加了15元，极大地调动了群众增加投入的积极性。2008年，通渭县共投入资金1062.5万元，统一调进地膜725吨。

在加大投入的同时，通渭县突出重点、抓点带面，集中人力、财力和技术优势，按照“种植一块成功一块，种植一点引导一片”的原则，落实示范片带21个，面积达9.5万亩，其中在李店、常河、榜罗、平襄、寺子等乡镇建成了5个万亩示范片带，带动辐射了覆膜任务的落实。

为了确保全覆膜技术的落实，县里采取专家负责、科技人员包户的管理形式，积极实施以技术培训指导为重点的科技入户工程。通渭县确定1名首席专家和18名技术骨干为项目技术指导员，每个技术员联系科技示范户50户，辐射带动农户1.2万户。

各涉农部门技术人员从地块规划、覆膜起垄、点播栽植到施肥管理、病虫害防治全程参与，并在各个示范点建立了不同覆膜方式、施肥方式、栽培方式的小区域对比试验，使全膜双垄沟播技术的抗旱增产优势更加直观、更有对比性和示范引导性，调动了种植积极性。

2008年，通渭县全覆膜玉米大丰收，使通渭县委、县政府看到了全覆膜玉米种植在通渭发展旱作农业中的巨大优势，又制定了争创全省玉米生产大县的目标。

在2008年秋季，通渭县启动实施了万名农民全膜玉米观摩培训活动，抽调的大批干部已下到基层，全方位帮助群众推进全膜玉米秋覆膜工作，力争在2009年完成50万亩的全覆膜玉米种植。

巴中建设地膜玉米示范区

2009年2月26日下午，天空下着小雨。在四川巴中市通江县麻石镇乱石子村二组，王岳莲老人因儿子媳妇全在外务工，正为缺劳力发愁时，镇村干部带着地膜来到地里为老人铺地膜。

为了感谢镇村干部冒雨帮助自己铺地膜，老人执意要留干部们吃饭，而镇村干部却说："我们还要给其他农户发地膜，吃饭的事就改天吧。"

在麻石镇高石梯村，大梁上一带连片培育春玉米500余亩，镇村干部和村民一起冒雨连续作战两天育苗。

村民王本贵的家属生病多年卧床不起，家庭人口多，土地多，劳力少。镇村干部和邻居主动帮助他锄地、铺膜、育苗。临走时，王本贵激动地说："你们帮这么大的忙，连水都没喝一口，太感谢你们了！"

麻石镇制定了春耕生产考核办法，确保粮食增收。全镇补贴地膜1.5吨，补贴玉米种2250公斤，老百姓自购地膜5吨，自购玉米种0.8万公斤。

2009年是农业发展新政策、新机遇、新挑战最多的一年，在春耕生产上体现尤为突出。四川省巴中市以宣传贯彻中央1号文件，细化落实中央、省农村农业工作会议精神为主线，采取"七个务必"的措施，促进春耕生产扎实有序推进，预计全市农业投入比上年增加1000万元以上。

市、县（区）已组建春耕生产督察组15个，已发通报4期。各县（区）财政已投入800多万元，高标准、高质量、高品位抓好高产创建，市抓万亩展示线，县（区）抓5000亩以上的展示圈，乡（镇）抓500亩以上展示片，力争玉米单产达到650公斤，水稻单产达到750公斤，马铃薯单产达到3000公斤。

结合产业园区建设统筹推进，做到“技术标准、良种供应、生产销售”三统一，大幅度增强带动效应和产业效益。春马铃薯于2月中旬播栽结束，春玉米于2月底育苗结束，旱育秧于3月初完成培肥苗床。

到2月底，巴中市已备优质水稻种子、玉米种子330万公斤（玉米种子、水稻种子各165万公斤），占应备量的102.7%；化肥11.9万吨，占应备量的74%；培训农民55万人次，落实科技示范面积60万亩，占春耕粮食作物总播种面积的18%；春玉米示范片点已育苗结束，大面积育苗已达53%。巴中市共建地膜玉米示范线18条26个村30万亩。

沈康荣改变鄂西北农村面貌

1977年，沈康荣大学毕业，回到了家乡十堰市，分配在郧阳地区行署农业局，从事农业科技推广工作。

上班不久，他被安排到房县化龙镇驻村工作。在这里，他一住就是6年。

当时，报道全国各地杂交水稻增产的消息满天飞。而在十堰市，因受山区地理环境影响，杂交水稻产量反而大减。

怀着一腔热情的沈康荣看在眼里，下定决心要攻克山区水稻增产这个难题。

通过认真钻研，他研究出了《杂交水稻的两段育秧技术》，并将这一技术推广开来，一举使杂交水稻在高寒山区也实现了增产。

水稻增产问题解决了，十堰低山农作物难题就解决了。但在湖北省西北地区，最突出的问题是高山地区农作物产量低。

1983年，沈康荣来到房县桥上乡东坪村海拔1360米的高山地区。他研究后认为，通过地膜覆盖技术可解决种植难题。

同年3月，他来到房县县城，只见城里的一些树木已经吐绿，而东坪村的高山上却仍然是白雪皑皑，温度很低，气候反差大。在这里，农民种的都是玉米，每亩还收不到 100 公斤。由于天气寒冷，玉米成熟不了，农民只好将玉米打成浆储存在木缸中，以备来年度春荒。

这一年，沈康荣在桥上乡示范种了 60 亩玉米，全部采用地膜覆盖种植方法。

为打消农民的顾虑，他还特意与农民签订协议承诺：减产了，赔损失；增产了，归农民。

当年，他的试验田亩产达 680 公斤，是以前产量的 6.8 倍。

通过这一试验，农民信服了，主动学习地膜玉米种植技术。

十堰市通过推广地膜玉米种植技术，解决了山区农民的温饱问题。

农业部专程到房县召开现场会，向全国推广这一先进经验。

随后，地膜玉米这一技术被国家定为温饱工程，连续 8 年在高山、深山、石山地区实施。

自 1983 年到 1993 年的 10 年间，沈康荣又在竹山大庙乡通过试验、示范、推广，研发了“水稻全程地膜覆盖湿润栽培技术”。这一技术可节水 70%，使稻田日均增温 1.5 度以上，增产 30% 以上，还可达到灭草、松土的目的。

地膜水稻创新和发展了稻作理论和实践，将高产技术引向了高山。

沈康荣在专业领域方面的深厚造诣，成为十堰市农业学科的带头人。

2003 年 9 月，中德水稻地表覆盖旱作技术国际研讨会在十堰召开，沈康荣做了专题技术报告，并被聘为中国农业大学硕士研究生导师。

在此基础上，沈康荣又将地膜技术引进莲藕栽培中。他主持研发的“莲藕等水生作物覆膜厢作节水增温高效技术”，于 2002 年 1 月通过省级科技成果鉴定，达到国内领先水平。全国有 20 多个省市的单位和农民来信、来电求教该技术。

“地膜玉米”“地膜水稻”“地膜莲藕”这三项技术被称为十堰地膜覆盖技术三级跳，实现了旱生作物、湿生作物、水生作物栽培技术的三大进步。

此后，沈康荣通过实地调研提出发展有机农业的建议，得到了十堰市委、市政府的认同，被称为“十堰农业的最大亮点”，在十堰农业史上具有划时代的意义。

沈康荣经过 12 年的艰辛努力，争取到了世界粮食计划署、国际农业发展基金会“秦岭山区十堰农业开发项目”，并主持该项目在十堰地区的实施。

此外，他组织科技人员研究的野生黄姜人工种植技术，填补了该项技术空白。

长期致力于农业研究，沈康荣敏锐地认识到，十堰优良的山区生态环境，是创建天然绿色有机农业示范区的最大优势和保证。

在他的大力倡导下，十堰地区建起了百万亩有机农业示范基地。

如今，茶叶、柑橘、魔芋、食用菌、中药材等特色产业产值已占农业总产值的80%以上，实现了历史性突破。

2008年，全市已有茶叶、柑橘、中药材、食用菌、山野菜等有机农业基地118万亩，累计认证有机食品、绿色食品、无公害食品品牌141个，其中有机食品品牌51个。

沈康荣十分重视农业理论体系建设，在国内外学术刊物上发表论文100多篇，主编的《水稻地膜覆盖栽培技术》被作为全国农牧渔业丰收计划培训工程教材。他的论著《山地农业探索文集》收录了他在1982年至2000年期间有代表性的学术论文53篇，共30多万字。

沈康荣有28项研究获得科技成果奖，其中省部级6项，省农业丰收奖8项，地市科技进步奖14项。1997年，沈康荣享受国务院特殊津贴，并任十堰市农业局党委书记、局长。

沈康荣两次被农业部表彰为全国实施温饱工程先进个人，还先后获得十堰市劳动模范、全省农业科技先进工作者等荣誉称号。

在十堰市，农业研究员沈康荣因其在水稻、玉米、莲藕栽培等方面的研究贡献而被誉为“十堰的袁隆平”。

杨祁峰在甘肃推广粮食增产技术

1982年，杨祁峰从甘肃农业大学毕业后，就投身于农业技术推广事业中。

1985年，杨祁峰开始涉足旱作农业技术的研究与推广。当时主要的做法是“三耕三耱”、农作物倒茬、增施肥料、选抗旱作物品种等传统技术。

1989年，他开始在旱作农业区推广地膜玉米，这一做法为粮食增产打开了一个新局面。到1992年，甘肃省全省的地膜玉米达到180万亩。

1993年，杨祁峰获国务院政府特殊津贴；1995年，他担任甘肃省农技推广总站站长；1998年，他被破格晋升为农业推广研究员，同年被评为甘肃省优秀专家、甘肃省跨世纪学术带头人，以及“333”科技人才工程第一层次、第二层次首批人选。

1995年，杨祁峰自担任甘肃省农业技术推广总站站长以后，与班子成员一道，带领全站干部职工认真贯彻落实甘肃省委、省政府及农牧厅对全省农业结构调整和农业科技发展所作的安排部署。

在甘肃省，由杨祁峰组织实施的温饱工程地膜覆盖技术，自20世纪80年代开始示范推广以来，面积逐年扩大，覆盖作物逐步拓宽，成为甘肃省抗旱生产、农民增产增收的主要措施。

2007 年，甘肃省地膜覆盖推广面积达到 1400 多万亩，其中玉米种植基本实现了地膜化，干旱、半干旱地区地膜小麦、地膜谷子等也达到了 100 多万亩。

突出的成绩、显著的效益，使杨祁峰主持的“旱地玉米模式化栽培技术”“甘肃省地膜小麦穴播栽培技术示范推广”项目先后获得了全国农牧渔业丰收计划一等奖。

杨祁峰主持的“甘肃省温饱工程——贫困地区玉米地膜覆盖栽培技术推广”项目在全省 9 个地区 45 个贫困县推广地膜覆盖玉米 496. 22 万亩，平均亩增产玉米 186 公斤，总增产玉米 9. 24 亿公斤，使 226. 25 万户农户解决了温饱问题，获甘肃省科技进步奖三等奖。

由于在扶贫工作上的突出表现，1995 年，杨祁峰被农业部评为先进个人，2001 年其所在单位被甘肃省委、省政府授予全省扶贫开发先进集体。

作为一名农业科技工作者，杨祁峰懂科技、爱科技、献身于科技。他立足于自己的本职岗位，把应有的工作热情、先进模范和科技带头作用充分发挥在业务工作当中。

杨祁峰积极投身于甘肃省农业新技术、新成果、新品种，以及一系列先进实用技术的引进、试验和示范推广中，常年深入基层，搞调研，抓推广，组织科技培训，帮助解决农民在实现增产增收过程中遇到的突出问题，实施重大农业科技推广项目。

1990年，杨祁峰在靖远东湾乡瓜园村蹲点，负责示范推广水稻旱育稀植技术，传统的水稻种植每亩田插秧4万多穴，而他要给农民示范推广的旱育稀植技术要求每亩田只插2万多穴。

这种事农民从没听说过，认为是瞎折腾。但看他与村民们一样下地干活儿、流汗，慢慢地村里一些好学上进的年轻人接受了他的指导，结果当年水稻收获后一测产，采用新技术的示范田比用传统技术种植的稻田多产稻谷200公斤左右。

从此大家对这个年轻人佩服不已。

那年中秋，由于工作忙，杨祁峰留在村上没有回家，晚上许多村民拿出专程从城里买来的西瓜、炒好了热菜，聚在一起跟他过节。

看着那么多朴实厚道的农民脸上露出的喜悦笑脸，杨祁峰被深深地感动了，从此他以更加高涨的热情，义无反顾地投身到农业科技推广工作中去。

在农技推广战线的20多个春秋中，作为一名长期与农业、农民打交道的农业科技工作者，杨祁峰情系农民，献身于农业科技推广事业，扎根于黄土地，为加速农业科技成果转化，为甘肃省农业丰收、农业科技推广事业的发展付出了辛勤的汗水，为了农民增收、广大群众脱贫致富奔小康做出了艰苦的努力。

多年来，杨祁峰已经成为全省甚至全国农业技术推广系统众所周知的“老推广”，也成为甘肃省本专业本系统技术推广的“领头雁”。

他组织开展的农业技术推广体系建设，多年来基本实现了网不散、线不断，为提高科技生产水平、提高农业科技贡献发挥了突出作用。

2000 年，在甘肃省财政支持下，杨祁峰在定西市安定区巉口镇指导农技中心尝试建立了甘肃省第一个跨乡镇区域性农技推广站，为当地发展马铃薯产业提供了有力的技术保障。

由于杨祁峰的坚持和努力，8 年后，甘肃省跨乡镇区域性农技推广站已达到了 130 多个，使全省基层农技推广体制创新走在了全国前列，为实现全省农技部门科技创新、机制创新探索出了一条新途径。他组织开展的职业技能鉴定、农技 110 热线和示范场建设等在西北五省区也处于先进水平。

2001 年，杨祁峰选择古浪县海子滩为试点，积极探索农民增收致富新路子，推广麦后复种饲料油菜种植技术，使以往夏收后空闲的土地充分利用了起来，亩产饲草近万斤。

同时，他又研究了青贮技术，为农民发展畜牧养殖业创造了条件。目前，这一国内领先技术正从甘肃走向西北各省区。

围绕无公害农业的发展和优质农产品等新的农业科技课题，他积极引导全省农技系统转变工作思路，大力开展农产品生产技术标准的研究、制定和示范。

2001 年至 2003 年，他组织全省农技推广部门先后制定、出台了地膜小麦、马铃薯、大白菜、胡萝卜等作物无公害生产技术标准 20 多项，有力地支持了甘肃省无公害农业的发展。

杨祁峰抓住农业工作的特点，每年利用一半的时间，深入基层、田间开展调查研究、技术指导；组织实施项目和技术培训，足迹踏遍了甘肃的山川。

2004 年 4 月，杨祁峰率领科技服务小组赴平凉、庆阳两市送科技下乡 15 天时间，对所辖的 9 个县区、21 个乡镇、85 个行政村进行了科技服务指导。

在田间地头，杨祁峰手把手对农民进行技术指导。深入农户访贫问苦，苦口婆心地给农民讲解先进栽培技术，受到农民的高度赞扬。

2005 年，杨祁峰提出了“以科学发展观的理念谋划农技推广事业，以求真务实的作风狠抓农技措施的落实，以开拓创新的精神推动农技推广工作”的思路，带领全省农技推广部门，为完成这一年的各项任务而努力工作着，在农技推广体制创新、机制创新、方式创新、技术创新等方面积极探索着。

2004 年，杨祁峰以敏锐的眼光、勤奋的工作，开始了全膜双垄沟播技术在甘肃省的试验、示范、推广。

在他的带领下，这项技术不断得到创新和完善，2006 年发展到 12 万亩，在大旱之年表现出了明显的集雨、保温、抗旱、增产效果，引起了甘肃省委、省政府的高度重视，甘肃省财政大力投资推广这项技术。

2007年，他在全省32个旱作农业县示范种植48.9万亩，比半膜玉米平均亩增产150.8公斤，增产30%，被甘肃省委书记陆浩称为“旱作农业的革命”甘肃省科技厅组织省内外专家进行了鉴定，该技术达到国际先进水平，2008年迅速扩大种植，面积达到289.5万亩。有10个省区组织技术人员前来学习这项技术，在全国产生了强烈影响。

几分汗水、几分收获，作为本专业、本学科学术技术带头人，杨祁峰用自己的勤劳和智慧，谱写了一曲感人的科技推广乐章。

他先后主持、组织和承担实施的甘肃省部级及国家重点农业科技试验、示范和推广项目达20多项，并取得了多项成果，为农业新技术的引进推广和甘肃农业的丰收作出了贡献。他先后获甘肃省部级科技成果一等奖2项、二等奖4项、三等奖5项，地厅级奖5项。

2003年，他被甘肃省人事厅评为“引智工作先进个人”；2004年，被中国农学会评为“全国农业科普先进工作者”；2003年、2006年，两次获甘肃省省直机关“优秀共产党员”；2005年，获农业部“科技入户先进个人”和“农业职业技能开发先进工作者”两项表彰；2006年，获农业部“全国农业技术推广标兵”称号。

杨祁峰很重视业务学习，努力提高自己的业务素质，在科技论文方面，先后在《草业学报》《甘肃农业大学学报》《甘肃农业科技》《甘肃农业》等科技杂志上发表了《甘肃省旱灾发生情况及防御措施》《陇中引黄灌区小麦产量结构指标及调控技术的研究》《春小麦地膜覆盖穴播栽培技术增产效应分析》等10多篇论文。

他还撰写了《作物栽培学研究方法》《农作物地膜覆盖栽培技术》《双低油菜栽培技术》《甘肃省种植业职业技能鉴定培训教材》等著作，对甘肃省地膜覆盖、旱作农业等技术的普及和推广起到了积极的推动作用。

杨祁峰二十多年如一日，热爱自己的岗位，以科学的态度和严谨的作风，以一名农业技术推广工作者无私奉献的精神，在农业技术推广这块绿野上辛苦地耕耘着，兢兢业业地为农业增产、农民增收、农民致富奔小康无私奉献着。

王文泽大力推广科技成果

“我讲不了啦……你一定要替我把课讲完，农民们大老远来这里听课不容易啊……”王文泽拉着他同事刘春玉的手说。

2009年3月12日，天上飘着雪花，河北省围场县广发永乡协力永村的村口聚集了上百名群众。

人们眼含热泪为病倒在农业科技培训讲台上的王文泽送行：“王老师，你咋就不注意自己的身体呢，你是为我们操心累倒的！”“王老师，你是我们庄户人家的‘财神’，你一定要再一次站起来啊，我们还有好多不懂的问题向你请教呢……”

王文泽是棋盘山镇甘沟门村人，1980年农校毕业后，被分到围场县农业局植保站下属的一个测报站工作，自此他和农业科技结下了不解之缘。

土地承包到户后，地里种什么由农民自己说了算。有句土话说得好，农民的意识是“不见兔子不撒鹰，不见好处不上前”。再好的产业，农民见不到效益也不相信。

为了改变农民们的陈旧观念，王文泽只好回到了自己的家乡，在母亲和妻子的责任田里做起了试验。

1989年，王文泽在自家的2亩承包地里铺上了地膜，当地人都笑他给地盖上了被子，等到秋天收获时，却让乡亲们开了眼。

一犁挑开，白花花的土豆又多又大，别人家每亩产500公斤，他们家每亩产量却达到了2500公斤。乡亲们感叹地说：“王文泽还是有两下子，明年我们也这么种。”

王文泽听后，脸上露出了微笑。试验就是为了推广，这是他多么希望听到的话语啊！

这天晚上，王文泽和妻子兴奋地一夜没合眼，他们想起了1986年，为了推广蔬菜种子种植技术，让农民看到更大的收益，他承包了36亩土地，可是天不遂人愿，偏偏遇上了干旱，致使缺苗严重，秋后收获甚微，赔了2000多元。

当时，王文泽每月工资只有60多元，两三年也赚不回这些钱，把母亲气得三顿没吃饭：“你就是山药疙瘩脑袋，别人赚不赚钱关你什么事。整天试验试验，这回好，把家底都试进去了，又有谁管你！”

孝敬的王文泽嘴上不说，背地里却对妻子说道：“妈哪知道我的心思，我是党多年培养的干部，又是一名党员，我要用实际行动，为当地百姓办一些看得见、摸得着的实事。”

王文泽试种地膜土豆的成功，在当地兴起了地膜土豆热潮。

1990年，一贯安分守己的王文泽在办公室里坐不住了，他主动请缨，要求到一线去做地膜土豆种植推广的工作。

恰巧这时石家庄市金融有限公司包扶广发永乡的育太城村，公司领导有一个认为：“给钱给物，不如给一项好技术。”于是，公司找到了围场县农业局。

王文泽的推广设想正好与此合拍，这家公司花钱买来地膜，王文泽就去村里蹲点。

刚开始，习惯了传统种植方式的老百姓对新技术不认可，认为太费事了。村民们说：“祖祖辈辈都是这么种，他老王偏要来新花样，谁知道秋后有没有收成?”一些愿意搞的人又对较高的技术要求心里没底。

为了做通群众的思想工作，王文泽整整半个月没有回家，住在农户家里，坐在农民的炕头上，一边唠家常，一边传授新技术。

通过努力，当年育太城村的 5 户村民开始试种。秋后，这几户土豆收成让人惊叹，产量超过 2500 公斤不说，土豆个头还增大了，商品率也提高了，最大的一个土豆达到 5 斤多。

于是，这个村的老百姓认可了。

第二年，村民们都搞了地膜土豆种植。到了秋天一算账，土豆亩产提高了 30% 到 50%，上市时间还提前了半个月，效益非常明显。

有了王文泽前期扎实的引导，又有事实摆在面前，全乡种植地膜土豆的热情空前高涨。到 2009 年，全乡种植土豆已经达到了 1. 5 万多亩，2008 年产值达到 3000 万元，人均增收800元。

在1991年，王文泽开始了面向全县全面推广的艰辛历程。1997年，正当他一门心思搞推广的时候，因为受当时大气候的影响，王文泽已经没有工资可领了。尽管这样，王文泽依然坚守着科技推广这块阵地，3年后随着地方经济的好转，他才逐渐地领到了工资。

王文泽为了全县农业技术推广，兢兢业业，一坚持就走过了人生的30年。在这30年间，他走遍了全县37个乡镇，312个行政村，每年冬春两季农民请他登门讲课传授技术，夏秋两季请他到田间现场指导。

王文泽讲的课通俗易懂，理论结合实际，句句说到农民的心坎上。到2009年，地膜土豆已经在全县广泛推开，全县种植总面积达到19万亩，产值达3.1亿元，农民的收益大大提高了。

由于围场特殊的地理位置，气温和降雨量不稳定，如果在土豆生长和成熟期气温过低而降雨量大，就容易引发晚疫病，造成减产，给农民带来损失。

攻克土豆晚疫病防治这个难题，对于一个种植面积在几十万亩土豆的种植大县来说，意义不同寻常。

王文泽很早就着手进行试验，从防治的时间和药剂的种类，到根施法、叶面喷施法等操作方法，都是他日复一日地试验、观察、记录、整理出来的。

王文泽按照围场县委、县政府的总体部署，确立了十几个防治晚疫病的示范园区。

开始的时候，农民还不太理解，都说："这不就是死秧吗？天一涝都这样。"王文泽耐心地告诉大家："这是一种病毒，只要早发现、早防治，就能抑制灾害的发生，不然土豆会减产3到5成。"

2007年，在王文泽的技术支持下，大头山乡贺家营村建立了500亩防治晚疫病示范园区。疫情来临时，王文泽长期住在村里，经过科学防治，晚疫病得到了有效控制。

农民们说："这一年夏季除了示范区的土豆一片葱绿外，整趟沟的土豆全部死秧，黄澄澄一片，示范区的作物与之形成了鲜明的对比。秋天收获时，得晚疫病的地块要比示范区亩产减产一半以上。"

王文泽的努力没有白费，终于得到了群众认可，很快土豆防病技术在全县农民中推开，农民的损失降低了。

王文泽的成果也很快走向全国、走向世界。他撰写的《土豆晚疫病综合防治》在亚洲土豆联合会议上交流。他撰写的《土豆晚疫病发生与气象因素的关系》在国际刊物上发表，并在国内获得优秀论文奖，对在更大范围内防治土豆晚疫病起到了积极的作用。

反季节蔬菜被列为围场的主导产业之一。为此，王文泽在研究土豆科学种植的同时，又肩负起蔬菜新品种的引进、试验、示范和无公害蔬菜标准化生产技术推广，以及蔬菜产品质量监督检测、产地环评、产地认定、产品认证、品牌更新等工作。

腰站乡永合义村过去是个蔬菜白点村，从王文泽来讲课后开始发展，到2009年，已经有400多亩与脱水蔬菜厂签了订单。在2008年，每亩收入1000多元。

在王文泽的努力下，该县2001年被确定为省级无公害蔬菜生产重点县，2003年被列为国家级无公害蔬菜生产示范县，2008年该县胡萝卜、土豆两大产业被农业部确定为绿色食品原材料标准化生产基地。当时全县蔬菜种植面积达到23万亩，仅此一项产值就达3亿元，农民人均增收700元。

一分耕耘，一分收获。王文泽也因此先后获得了农业部丰收计划二等奖2项，省农业厅一等奖3项、三等奖1项，省科委三等奖1项，市科委一等奖1项、二等奖1项；并被评为承德市专业技术拔尖人才、市劳动模范。

赵天忠致力于农民增收

1999 年 1 月，高级农艺师赵天忠获湖北省温饱工程先进工作者称号。

湖北省丹江口市粮油技术站站长赵天忠，是丹江口市学科带头人，十堰市技术拔尖人才，湖北省有突出贡献中青年专家。

赵天忠自 1980 年参加工作以来，先后在湖北省丹江口市良种场、习家店农技站、丹江口市农业局粮油技术站等农业生产第一线从事技术推广工作。

科技是第一生产力，农业科学技术对农业增产增效、农民增收尤为重要。二十多年来，赵天忠像一头不知疲倦的“老黄牛”，一心扑在推广农业科学技术工作上，成为丹江口市农业技术推广的排头兵。

1990 年，湖北省农业厅下达给丹江口市“坡地沟种”玉米丰收计划项目，他积极参与制订技术实施方案和组织实施，使这一项目的玉米平均亩产达 359 公斤，超过了合同指标，这一项目目前已在鄂西北地区广泛推广。

地膜水稻湿润栽培技术是全国“九五”重点技术推广项目，赵天忠承担这一项目在丹江口市的实施工作。他在江南公路沿线成功地举办了千亩连片示范样板，平均亩产比非项目区水稻增产150公斤。

通过样板示范、现场对比，加上大量宣传，农民们充分认识到地膜水稻的节水增温、保肥、增产等优势，纷纷要求使用这一技术。

自1998年以来，全市地膜水稻栽培面积逐年增加，由最初的2000亩增加到现在的30000余亩。2002年在春季低温寡照、后期连续阴雨、病虫为害严重等多灾情况下，地膜水稻平均单产达575公斤，比非项目区水稻增产133公斤，增产30.1%。6年间，全市累计推广地膜水稻13万亩，共增产水稻1729万公斤，增加产值1729万元。

地膜水稻的推广为丹江口市低产田改造找到了一个有效捷径，成为挖掘水稻增产潜力的一项重要措施。

温饱工程是湖北省委、省政府实施脱贫攻关的重大举措。为切实抓好温饱工程实施，解决农民温饱，赵天忠深入丹江口市山区办样板、搞示范、推技术。全市当时累计种植两膜玉米面积41万亩，其中全覆盖10.8万亩，营养钵育苗移栽30.2万亩，累计增加粮食4100万公斤，解决了11.2万人的温饱问题。

地膜玉米的推广不仅解决了山区群众的温饱问题，而且有力地促进了农村产业结构调整、产品结构调整，有效地推动了自给自足的传统农业向高产、优质、高效农业的转变。

油菜生产是丹江口市农业生产的又一支柱项目。丹江口市委、市政府历年来把推广地膜油菜育苗移栽作为农业产业结构调整的重要举措。

2001年，丹江口市在习家店、均县等乡镇举办万亩油菜育苗移栽样板工程。

为确保这一工程顺利实施，赵天忠经常深入基层办样板、做示范、宣传发动，在油菜育苗、技术培训、覆膜移栽、地膜供应等各个环节扎实搞好服务，推动了万亩油菜工程的实施，使之在全十堰市油菜生产中独占四个第一，即连片油菜移栽规模第一、连片地膜油菜规模第一、双低油菜普及第一、油菜单产水平第一，受到了丹江口市委、市政府的肯定和表彰。

引进新品种进行试验、示范、推广，是赵天忠对丹江口市农业的又一大贡献。

赵天忠经过认真考察，结合本市的地理环境、气候条件，先后从湖北省农业厅、湖北省农科院、四川省农科院、国家玉米研究中心、中国油料研究所等科研单位引进了5个黄豆新品种、5个玉米新品种、脱毒红薯、双低油菜、航芝1号、中芝10号、鄂麦18优质小麦、秦选1号豌豆、日本三樱椒等一大批高产高效优质新品种，试种后在全市推广，取得了明显的经济效益。

尤其是秦选1号超高产豌豆和鄂麦18号优质中筋专用小麦，引起了湖北省农业厅的高度关注。

2002年5月，湖北省农业厅组织全省科技专家在丹江口召开了新品种现场观摩会，为全市农村脱贫致富，实施科技兴农奠定了坚实基础。

2003年，赵天忠承担的中国油料所、安徽丰乐种业集团安排的航芝1号芝麻新品种繁育示范，再次引起鄂、豫、皖三省农业专家关注。2003年8月下旬，近百名专家来这里观摩学习。

2004年，赵天忠引进的中国超级优质稻红莲优6号在习家店举办连片高产样板示范400亩，同年9月11日，湖北省农业厅、武大天源公司组织全省各地、市、州近百名专家，对现场进行了理论测产和实打验收，实收亩产达707公斤，为丹江口市水稻再上新台阶起到了积极的推动作用。

在大力推广农业科技的同时，赵天忠还积极组织实施了农业部10万亩小麦丰收计划项目，鄂西北山区地膜玉米应用“两高一优”技术大样板活动；承担了1999年至2000年农业部14万亩小麦丰收计划项目，3万亩地膜水稻丰收计划项目，国家科技部星火计划“食用豆类优质高产高效综合技术及产业化”项目，湖北省农科院鄂麦18号优质专用小麦开发，十堰市科委下达的优质水稻品种筛选及配套技术研究项目，玉米新品种鄂玉10号大面积推广项目，秦选1号豌豆新品种繁育推广，地膜莲藕的试验示范，地膜水稻覆膜直播技术研究，航芝1号、中芝12号芝麻新品种繁育推广等项目。

多年来，赵天忠在国家、省、地、市杂志发表论文十余篇，先后三十余次受农业部、省、地、市的表彰与奖励。

从下面的一组记录中，就能更直观地了解赵天忠所取得的成就：

1993 年 3 月获湖北省农业丰收计划三等奖；

1995 年 11 月获全国农业技术推广中心颁发的鄂西北山区地膜玉米应用“两高一优”技术先进工作者；

1999 年元月获湖北省温饱工程先进工作者；

1999 年 12 月获湖北省农业丰收计划一等奖；

2000 年 2 月获十堰市委、市政府颁发的实施温饱工程先进工作者；

2001 年 9 月获十堰市委、市政府扶贫开发先进工作者；

2001 年 10 月获农业部丰收计划一等奖；

2001 年 11 月获十堰市政府颁发的“水稻全程地膜湿润栽培技术推广”科技进步一等奖；

2001 年 11 月获十堰市政府颁发的“双低油菜育苗移栽技术研究与示范”科技进步二等奖；

2001 年 12 月获湖北省农业厅种植业工作先进工作者；

2002 年 10 月获湖北省科技厅颁发的“莲藕覆盖厢作节水增温高效栽培技术”重大科学技术成果奖；

2003 年 7 月获湖北省科技厅颁发的“超高产、优质、抗倒伏豌豆新品种秦选 1 号繁育推广”重大科学技术成果奖；

2003 年 10 月获十堰市政府“地膜莲藕栽培技术研究与示范”科技进步二等奖；

2004 年 3 月获湖北省有突出贡献中青年专家称号；

2004 年 7 月获省政府“莲藕覆盖厢作增温高效栽培技术研究”科技进步三等奖；

2005 年 2 月获湖北省科技厅颁发的“水稻覆膜直播湿润栽培技术研究”重大科技成果奖；

2005 年 3 月获中国百名行业创新杰出人物金像奖；

2005 年 8 月“优质中筋专用小麦鄂麦 18 号选育与应用”获省政府科技进步一等奖。

在平凡的岗位上，赵天忠以勤奋、扎实、爱岗、敬业的工作作风，为丹江口市农业科技推广和农民增收立下了汗马功劳，得到了各级领导的赞扬和全市人民的爱戴。

四、 生活变化

●王大爷说：“我们家有川地三亩多，去年用全膜技术种了甜玉米，收成好着哩!”

●马一祥壮着胆勇敢地走向了自己的玉米地。在望见自己玉米地的那一刻，眼前的情景让他沉醉了。

●寒露后的一天，谭四财正在地里忙着，工作组的同志又来到他的田头，大家你一言我一语谈开了。

榆中农民种起懒汉田

2008 年 6 月 16 日，在甘肃省榆中县清水驿乡的几块“懒汉田”里，玉米长势良好，与其他采用地膜覆盖种植的玉米长势没有什么区别，有的农田里由于多次浇水，地膜已完全被浮土覆盖，而根本看不到地膜。

说起“懒汉田”被榆中农民认可的过程，还有一段小故事。

那是 2004 年春天，榆中县清水驿乡农民张老汉，由于儿子媳妇在外地打工，自己又年老无法从事重体力劳动，别人的农田都经精细翻耕耙耱后开始播种了，可张老汉却望着大片的土地无法耕种，心急火燎。

眼看就要错过播种时节，无奈的他只得请人帮忙，在上年覆膜留茬耕地上直接播种了玉米，然而，意想不到的是当年玉米长势喜人并大获丰收。

张老汉免耕播种获丰收的事儿在乡民中间传开了，这一耕作技术也在不经意间推广开来。

经过试种，人们发现如果地膜保护好，水分不流失，那么一茬地膜种三到四年是没有问题的。

地膜保护主要是指在覆地膜时，用土壤薄薄覆盖地膜，防止地膜被晒坏。一茬地膜可用 4 年，省钱、省工、增收入。

2008 年 6 月 10 日，榆中县清水驿乡农民老张说：“免耕播种省钱、省工又省时，不仅省成本，还能增收呢。”

老张还笑着算了一笔账：“采用免耕播种技术后，按今年投入计算，每亩地的种植成本直接可降低 100 多元，地膜节省 70 多元、免除耕地节约 30 多元，由于地膜覆盖，水分流失不大，还节省了部分水钱，同时还减轻了劳动强度，节省了人力。”

过去，庄稼人侍弄农田讲究精耕细作，播种前耕地要平整干净，谁家地里若留着茬头，就会被笑为庄稼人中的“懒汉”。

现如今，“懒汉”的“懒作方式”却成了不破坏地表土壤的科学方法，被称为“保护性耕作”，这种方式正在被越来越多的榆中农民所认可和喜爱。

下成村农民覆膜增收

2008年3月28日清晨，春雨如丝，在甘肃省清水县玉米全膜双垄沟播技术推广村之一——黄门乡下成村的地头，县、乡技术人员正和农民们抢墒盖膜。只见那一垄垄地膜，在春雨沐浴下，犹如一条条银色缎带撒落在田间。

下成村共有400户2012口人，耕地面积6503亩，人均3.27亩，是个典型的以粮食种植为主的山区小村。

2007年，清水县将下成村列为试点，全村1000亩甜玉米实施全膜双垄沟播技术，亩均收入达到1200元，比普通玉米增收654元。

尝到依靠科技增产甜头的下成村农民，在2008年推广玉米全膜双垄沟播技术的劲头更足了。

“今年动手早、行动快，农民的积极性很高。”清水县农业局局长宋满全站在地头说。

他还说：“县委、县政府十分重视玉米全膜双垄沟播技术推广，在市上下达8万亩任务的基础上，又增加了2万亩。我们局抽调53名专业技术人员到乡（镇）、重点村进行技术培训，干部包乡，责任到人，深入农户。你看，地头上都有我们的技术人员和干部，我们抓住农时，不到一周就掀起了抢墒覆膜的高潮。”

在自己责任田耕作的王大爷说：“我们家有川地三亩多，去年用全膜技术种了甜玉米，收成好着哩。这三亩地收入近5000元，今年还种甜玉米，政府帮我销售呢。”说着，老人家的脸上露出了喜悦的笑容。

农民曹小代说：“我今年要把9亩川地全部用全膜双垄沟播技术种上甜玉米。”

他还算了一笔账：“9亩地每亩收入1200元，年底我就可以有1万多元的收入。”

在下成村检查工作的黄门乡党委书记马小平这样说：“我们乡农业基础薄弱，主要以单一粮食种植为主，农民增产、增收、增效就要靠推广成熟的农业技术和产销对路的农产品。全乡在下成、小河等13个行政村推广8000亩全膜覆盖，现在农户把自己的责任田都耕作得很好，今天是第五天了，再有几天全乡的地膜基本上就覆盖完了。”

马小平还说：“为了推广玉米全膜双垄沟播技术，春节过后我们就做好了地膜和化肥的准备工作，没有资金，全乡干部自愿拿出两个月的工资，我们又多方想办法筹资40多万元，在半月前就把地膜准备好供农户购买。去年我们在下成村种了1000亩高附加值的甜玉米，全部被天一家食品公司收购，今年我们又和这家公司签订了收购合同，采取‘公司+基地+农户’的模式，产后销售已不成问题。”

干旱山地种出神奇庄稼

2008年春，在青海省民和回族土族自治县农业局的大力推广下，转导乡的前坪、隆治乡的秦家岭、新民乡的龙卧、官厅镇的别洛等6个代表性浅山村庄的干旱山头上，破天荒地种上了1300亩玉米。

这些干旱山地的海拔都在2100米以上。青海省民和回族土族自治县虽然自古就种玉米，但是，在海拔2100米以上的干旱山区，从未有过种植玉米的历史。

可以想象，祖祖辈辈在当地种庄稼的农民们当时对这件事的反应。他们不仅是反对，当时的情景完全可以称得上是愤怒了。

前坪村村民马一祥说：“这简直是在拿庄稼人开玩笑！”老一辈的人们从没听说过自己的地里还能种出玉米。因为这些地方十年九旱，但凡种到地里的东西几乎年年绝收，更别说是玉米了！

但是，反对归反对，愤怒归愤怒，县农业局派驻村里的农业技术推广人员白天黑夜一遍遍地到农民家里软磨硬缠，大家根本就拿他们没办法。

最后，马一祥豁出去了，对家里人说：“种就种吧！反正种啥都没有收成。他们不是说，如果种了玉米没收成，公家给赔嘛，那就让他们赔吧。”

马一祥硬着头皮在还没下种的几亩地里都种上了玉米。

在播种时，农业技术人员蹲在他家的地头上不肯离去，一遍遍地讲述那些他们好像早就滚瓜烂熟的技术话：“行距是70厘米乘40厘米，地膜是1亩地6公斤，种子是1亩地5公斤，株数是1亩地3800到4000……还要在垄沟里的地膜上每隔20厘米钻一个眼儿，然后，还要用土把眼儿盖严实了……”

马一祥越听越气，打定主意不听这些话，硬是在1亩地里给点上了8000粒以上的玉米种子。

过了些日子，玉米苗就钻出来了，在白色的薄膜下面静静地弯曲着。

那些农业技术人员又一家一户地硬逼着他们把玉米苗从薄膜里面给扒拉出来。他们管这个叫“放苗”，说不放苗就会烧坏了茬。

马一祥依然是一副不予理睬的样子。那些农业技术人员已经到他家里催过很多次了，尤其是那个叫王国兰的女同志，简直要踩烂他家的门槛了，但马一祥还是不为所动。最后，还是王国兰硬把他给强行拽到地里，把苗给扒拉出来了。

又过了些日子，当那些玉米在一天天地拔节长高时，马一祥却在心里偷着乐。他发现了一个奇怪的现象：他家的玉米长势要明显地好过别人家的玉米。那个长势旺得好像过不了几天，玉米就要长成树的样子了。

马一祥能不乐吗！

但是，就在马一祥偷着乐的时候，王国兰他们又一次次地走进他的家里，一再动员他把地里一半的玉米苗给拔了，说什么要减苗。

马一祥当然再一次地想对着干，王国兰他们当然也就再一次强行让他拔掉了自己地里很多的玉米苗，1 亩地里拔掉的玉米苗足足有 2000 多株啊！

尽管马一祥不大关心这样做的后果，但在看到自己地里长得好好的庄稼苗被拔掉时，他还是觉得心疼，毕竟自己是一个庄稼人呀！

种庄稼的人会随时毫不犹豫地拔掉地里的杂草，但绝对不会损坏一棵庄稼。即使这样，他家地里最后剩下的玉米苗也比别人家的多出 2000 多株。这对他来说，多少还算是个安慰。

但是，接下来发生在玉米地里的那些几乎是神奇的事情，也就把马一祥心里那点儿庄稼人的“尊严”彻底清扫干净了。这不仅让他威风扫地，而且颜面尽失。

别人家地里的玉米开始抽穗结棒了，他家的玉米却还在使劲儿地长个子。整个前坪村用全膜覆盖双垄集雨农业种植技术种了 900 亩玉米，除了他马一祥的玉米，都可以说是丰收在望了。

每当路过那些玉米地，马一祥都不敢正眼去看，偷偷斜上一眼都让他憋出一口气来。大夏天的，那些玉米株上垂挂着穗儿，那些穗儿下面探头探脑的结实的玉米棒子能让他激出一身冷汗来。

后来，马一祥就索性躲开那些玉米地，眼不见心不烦嘛。但是，他心里的那个悔，愣是没地方去排遣。有几天，他甚至躲在家里哭过。

哭的时候，他的老阿奶就站在那里一边数落，也一边安慰："那些技术员说的时候你就是不听，哭有啥用。现在相信了也后悔吧！那就好办，明年我们也科学着种玉米，还多多地种！"

其实，哭过之后马一祥心里也清楚，很多事情躲是躲不掉的。

要秋收了，实际上，别人家的玉米已经在收割了。无论有没有收成，自己地里那些疯长了一夏的玉米还得自己去把它割掉。

于是，这一天，马一祥就壮着胆勇敢地走向了自己的玉米地。在望见自己玉米地的那一刻，眼前的情景让他沉醉了。

那些疯长了一夏的玉米株上居然也挂着穗儿，结着玉米棒子。尽管它们还没有成熟的样子，但真正的秋天才刚刚开始，它们还有成熟的机会和可能。

果然，在别人家的玉米颗粒归仓好多天之后的一天下午，马一祥也从自己的玉米地里掰下了第一个玉米棒子。虽然，那玉米棒子比别人家的要小许多，但每株上都结着一个棒子。

经过实测，马一祥家的玉米亩产量竟然有650公斤。

虽然比别人家的少出几百斤之多，但是，马一祥已经很满足了。

全膜覆盖双垄集雨技术的引进推广成功，使民和回族土族自治县广大干旱山区的数十万贫困群众备受鼓舞和振奋，大家纷纷要求加大扶持推广力度。

2009 年，民和县全县 5 万亩的推广面积被各乡镇和农民群众争抢落实，有 4000 亩地已在前一年的秋季就完成施肥、覆膜。

马一祥一开始就报了 30 亩地的种植计划。

但是，据县农业局的领导介绍，因为此项技术为青海省农业科技推广项目，所用农膜、化肥、种子等项投入几乎全部由政府补贴或用扶贫整村推进资金解决，尚不能完全满足广大农民群众的种植需求。所以，马一祥一家 30 亩的种植愿望还不一定能完全实现。不过，民和县农业局的同志表示，肯定会考虑他的积极性，尽量设法让他多种几亩。

2009 年，民和回族土族自治县在推广此项农业技术时，除了种植玉米，还用此技术种了 3350 亩的马铃薯。用全膜覆盖双垄集雨技术种植的马铃薯，平均亩产超过 3000 公斤，亩纯收入增加幅度也在 650 元左右。

2009 年 7 月中旬的一天，在玉米田里，民和回族土族自治县转导乡前坪村肖家社 78 岁高龄的农民韩金彪抑制不住激动的心情说：“如果再下上一半场雨，今年的丰收就没问题了。真没有想到我在这儿生活了一辈子，才知道这儿种玉米还能收获，眼看着今年我亲自种的9亩全膜覆盖玉米长这么好，我真是高兴得连瞌睡都没有了！”

正在躬身查看玉米长势的民和县农业局副局长马成忠接过话茬儿笑着说：“为了让他接受全膜覆盖双垄集雨增产新技术，我们的农业技术员和乡干部往他家里跑了8趟，他就是不接受。后来他亲眼看到玉米示范田，今年才下了狠心。”

韩金彪老汉笑着有点儿不好意思地说：“往年我们这里小麦最好的收成也就是150来公斤，玉米就没熟过。看到我们村的示范田，我把给了别人的地都收了回来，全种了全膜玉米、马铃薯、蚕豆，共有17亩。”

别人跟他开玩笑说：“如果乡上明年不给你地膜、农药、化肥，那你还种不种？”

韩老汉马上回答：“就是自己掏钱也要种全膜玉米，如果儿子们不种，那么我雇劳力也要种！”

站在一旁的社长马学礼抢着说：“去年前坪村共种了1700亩全膜玉米示范田，我们社推广了300亩。我家里爷父三人种了7亩，收获了5500多公斤，收入了7000多元。给西宁的亲戚送去玉米棒子时，亲戚们根本不相信在转导干旱山区能种出又大又粗的玉米来。”

转导乡党委书记冶建廉说：“去年，我们转导乡把推广地膜覆盖玉米作为‘旱作节水’项目来抓，首先在前坪村试种了地膜覆盖玉米1700亩，玉米亩均产650公斤，最高产量达800公斤；马铃薯亩均产2500公斤，最高产量达3000公斤，产量创转导历史之最。”

冶建廉紧接着大声说：“今年，在前坪、后坪、转导、大湾、忠孝等5个村推广全膜覆盖玉米10 600亩，马铃薯1000亩。投入玉米籽种42 400公斤，化肥361 500公斤，农药11 600瓶，塑料地膜93 600公斤，投入资金200万元，预计今年直接经济效益达1000万元。”

冶建廉脸上带着喜悦的笑，说：“同时，玉米丰收了，秸秆也丰收了。这样一来，随着全乡沼气池的推广，秸秆喂牛羊、残渣进沼气池供能源、发酵后的废渣上地里做肥料，形成了良性循环链条。”

民和县农业局局长朱进成算了一笔账：自2007年县里开始试验推广全膜覆盖双垄集雨技术到2009年一下子推广了7. 67万亩，其中，种植全膜玉米3. 01万亩，全膜马铃薯4. 66万亩。全膜覆盖双垄集雨技术的推广，使每亩玉米可增收300多元，马铃薯每亩增收200多元，今年可增收近2000万元。

这项技术的最大好处是保水、保墒，又保肥效，这对像前坪这样的贫困干旱山区无疑是一次来自地下的“白色土地革命”，它使有限的降水和施肥能最大限度地发挥效能，因而达到增产增收的目的，而且，其增收效果又十分显著。

2009年，民和回族土族自治县用全膜覆盖双垄集雨技术在干旱山区种植的1300亩玉米，平均亩产超过700

公斤。

按正常年景，当地的农作物收成情况综合测算，亩均增加纯收入 650 元以上。而通常情况下，正常年景当地种植业几乎是零纯收入，大部分年景的纯收入为负数。

如果大面积种植玉米，还会产生大量的玉米秸秆资源，则一个良性循环的链条就可以形成了。

民和县计划在 3 年内将此项种植技术的推广面积扩大到 10 万到 15 万亩。如果以 10 万亩计，每亩增收 600 元，那么贫困山区的农民就会增加 6000 万元的纯收入。

为此，民和回族土族自治县农业局局长李珍还写了一首诗：

集雨增温又保墒，科技惠农有良方；
寒冬苍山裹银装，暖春旱塬沐绿浪；
夏日四野青纱帐，秋月万户黄米香；
半膜全膜不一样，方寸陡增千斤粮。

巴州区春玉米全覆膜

2008年，四川省巴中市巴州区在抓地膜春玉米工作中抓早争主动。此刻，该区的30多万亩地膜春玉米长势喜人，已经丰收在望了。

到6月，在巴州镇南桠村，到处都是大片玉米地，这里的玉米已经陆续成熟，开始上市。

村民吴晓华说：“我家今年种了1亩多地膜玉米，在玉米种植中，按照巴州区农技站技术人员的指导，加强了对地膜玉米的管理。现在，我家的地膜玉米长势特别好，个大粒饱满，经常有人主动和我联系，要把我家的嫩玉米棒子贩到城里去卖。”

“我们屋里一亩旱玉米要卖1600块钱。”看着一个个长势好的玉米棒子，吴晓华算了一笔收入账。

“今天我专门从城里来收玉米。”玉米商贩说道，“城里玉米卖两块钱一个，吃的人很多。”

在巴州镇南桠村，到处是采摘玉米的村民，他们说，由于今年大家都采用了地膜玉米的栽培技术，并有农技人员的技术指导，今年玉米的个头和饱满度都较往年明显增强了。

近年来，巴州区把春玉米生产作为发展旱作农业的着力点和突破口，按照“立足抓早争主动，扩大复种增面积，突出科技攻单产，提高效益增收入”的思路，做到早春早谋划，思想早发动，物资早准备，技术早培训，措施早落实，通过有效组织、革新技术、创新机制、早抓季节，全区玉米生产形势良好。

巴州区农技站高级农技师彭光德说：“巴州区今年春玉米面积30万亩，地膜玉米就有25万亩，由于抓得早、管得好，长势比哪一年都好。目前，全区的30万亩玉米长势喜人，丰收在望。”

谭四财瓜甜稻香种果忙

2006 年 7 月的特大洪水，让广东省韶关长来镇和村村民谭四财心急如焚。

虽然，谭四财家里地势很高，洪水浸泡不到，可低洼地带的稻田在洪水的袭击下全都倒下了。两亩多鱼塘里的鱼也全被冲走了。种西瓜就怕雨水多，这下个不停的暴雨，山地上正处在结果阶段的 2000 多棵西瓜玄乎了，这可怎么办呀？

谭四财是长来镇和村五汪组村民。前些年，他认准种西瓜能挣钱，一种就是好几年，但说也怪，就是挣不了钱，这让他好生懊恼。

直到 2005 年，广东省政府办公厅“十百千万”干部下基层工作组驻扎到村里后，在他们的帮助下，谭四财种西瓜终于挣到了钱。

一直叫穷的谭四财乐呵呵地把大彩电捧回了家，而且还把拖拉机也开了回来。可 2006 年这场汹涌而来的洪水，真让他六神无主。

洪水一退，谭四财就赶紧跑到稻田里，把被洪水浸泡过的谷子收了回来，虽说已长满了芽，但能收多少算多少。

谭四财忧心忡忡地来到西瓜地，但让他喜出望外的是，连日的暴雨居然没使西瓜受到影响。谭四财说：“这可是省工作组的功劳呀！”

原来，在2005年，广东省工作组在农户中推广地膜技术，而且还将近百元一捆买来的地膜以25元的折价卖给农户们。

刚开始，谭四财半信半疑，只买了一些地膜。没想到“天有不测风云”，其后的一场大水，让没使用地膜的西瓜地失收了，但大部分使用地膜的西瓜安然无恙。

2005年，西瓜真让谭四财挣得盆满钵满。他打趣地说，他当时数钞票时，“笑得比西瓜还甜”。

2006年，他一口气向工作组买了5大捆地膜。就是这5大捆地膜，使他种下的西瓜在大灾之年纯利近2万元，比上一年挣得还多。

西瓜保住了，极大地鼓舞了谭四财救灾复产的信心。

正当谭四财忙于复产的时候，工作组又及时给他送来了广东省农科院专家推荐使用的优质早熟玉米种子超甜38号。

8月初，谭四财就将玉米和晚稻种下了。一晃个把月就过去了，稻子抽穗了，玉米也长势良好，一派丰收在望的景象。

寒露后的一天，谭四财正在地里忙着，工作组的同志又来到他的田头，大家你一言我一语谈开了。

“上次省农科院专家来的时候说，玉米地不能有积水，要把灌溉水量控制好。”

"寒露已过，得想法子防寒露风。"

"自从你们工作组帮助我们村搞的灌溉工程正式引水后，原来我买的抽水机就下岗了。"

谭四财所说的灌溉工程，就是五汪抽水排灌工程。

因地形影响，五汪组有大片农田无法灌溉。为了提高和村 1200 余亩农田的灌溉能力，提高农业生产效益，在广东省政府办公厅领导的关心和支持下，经工作组积极协调监督，投资 20 万的中圳水渠一期工程和投资 30 多万的五汪抽水排灌工程，已分别于 2006 年 1 月和 8 月竣工并开始运行。

谭四财说，水通了，财就通了；路通了，财路更宽了。今年，工作组把村道也硬化了，他也因此把耕牛卖掉，买回了既能耕田又能运输的拖拉机。

让他更高兴的是，硬化的村道通到了种植台湾沙梨树的山坡上。台湾沙梨树苗是工作组为引导大家种果致富在年初引进的。

谭四财信心十足地盘算着："130 棵沙梨树，3 年达产后，少说也有万把块钱的纯利，加上西瓜的收入，就很可观啦！"

本书主要参考资料

《山地农业三十年》沈康荣著 中国农业科学技术出版社

《农村节约型生态经济研究》卢辞著 合肥工业大学出版社

《农民日记：一个农民的生存实录》侯永禄著 中国青年出版社

《从温饱到小康：湖北农民生活二十年》湖北省统计局等编 中国统计出版社

《温饱十亿人：中国农业的前沿》余友泰等编 黑龙江科学技术出版社